D1377758

Mademoiselle Giraud,
ma femme

Texts and Translations

Chair
English Showalter, Jr.

Series editors
Jane K. Brown
Edward M. Gunn
Carol S. Maier
Rachel May
Margaret F. Rosenthal
Kathleen Ross

The Texts and Translations series was founded in 1991 to provide students and teachers with important texts not readily available or not available at an affordable price and in high-quality translations. The books in the series are intended for students in upper-level undergraduate and graduate courses in national literatures in languages other than English, comparative literature, ethnic studies, area studies, translation studies, women's studies, and gender studies. The Texts and Translations series is overseen by an editorial board composed of specialists in several national literatures and in translation studies.

For a complete listing of titles, see the last pages of this book.

ADOLPHE BELOT

Mademoiselle Giraud, ma femme

Preface by Emile Zola

Edited and introduced by
Christopher Rivers

The Modern Language Association of America
New York 2002

©2002 by The Modern Language Association of America
All rights reserved. Printed in the United States of America

For information about obtaining permission to reprint material from MLA book publications, send your request by mail (see address below), e-mail (permissions@mla.org), or fax (646 458-0030).

Library of Congress Cataloging-in-Publication Data

Belot, Adolphe, 1829–1890.
Mademoiselle Giraud, ma femme / Adolphe Belot ;
preface by Emile Zola ; edited and introduced by Christopher Rivers.
p. cm. — (Texts and translations. Texts ; 11)
Includes bibliographical references.
Text in French, with introductory and critical matter in English.
ISBN 0-87352-798-4 (pbk.)
I. Rivers, Christopher. II. Title. III. Series.
PQ2193.B7 M3 2002
843'.8—dc21 2002032597

ISSN 1079-252X

Cover illustration: family photograph provided by Christopher Rivers

Printed on recycled paper

Published by The Modern Language Association of America
26 Broadway, New York, New York 10004-1789
www.mla.org

TABLE OF CONTENTS

TABLE OF CONTENTS

ACKNOWLEDGMENTS

Translating this novel, and writing an introduction to it, has long been a dream of mine; doing the work was a genuine pleasure. Much of that pleasure was made possible by the generosity and encouragement of Martha Noel Evans, director of book publications at the MLA, who supported this project from the start. Her engagement, courtesy, and enthusiasm were exemplary, and I am sincerely grateful.

Thanks should also go to the outside readers and to the editorial board of the Texts and Translations series, for their invaluable suggestions and positive responses, as well as to Michael Kandel, for his expert copyediting. Mount Holyoke College granted me the faculty leave during which much of the work was completed.

Many thanks to my generous cousin Georgiana Colvile, who gave me the photograph that serves as the illustration on the cover of this book.

On a more personal note, I would like to thank Ann Cleaveland, whose help allowed me not only to do my work but also to enjoy it. And, as always, incalculable amounts of love and gratitude go to Christopher Miller.

INTRODUCTION

Mademoiselle Giraud, ma femme, a novel about lesbianism by the prolific popular writer Adolphe Belot, began to appear as a serial in *Le Figaro* in late 1869 before being abruptly canceled, allegedly because of public outrage, 22 December. Whether or not this cancellation was a clever marketing ploy orchestrated by Belot, the scandal surrounding it—in conjunction with the provocative theme of the story itself—helped make *Mademoiselle Giraud, ma femme* a huge commercial success when published as a complete novel in 1870. Even the Franco-Prussian War and the Commune did not get in the way of the public's desire to read Belot's shocking book. This desire was not a passing fancy: in the decade after its initial publication, *Mademoiselle Giraud* was reprinted thirty times. Clearly Belot had struck a chord.[1]

Disdained by literary critics but voraciously consumed by large numbers of readers, richly suggestive of contemporary fixations and phobias, and exemplary of the literary formulas of the *roman populaire*, the novel is truly a popular classic.

Adolphe Belot was born 6 November 1829 in Pointe-à-Pitre (Guadeloupe) and moved to France as a young man to study law. He went on to practice law for a time in

Nancy, relocated in Paris, and became a playwright and novelist.[2] Despite an inauspicious start in the world of letters (his first novel, *Châtiment* [1855], and first play went largely unnoticed), Belot experienced success in the theater fairly quickly, with *Le testament de César Girodot* (1857). For years to come, he would write plays that were produced in some of the better Parisian theaters.

After the *succès de scandale* of *Mademoiselle Giraud* in 1870, however, Belot was primarily known as a novelist; of the roughly eighty titles of his that are cataloged in the Bibliothèque Nationale de France, more than half are novels. He produced a seemingly endless string of best-selling potboilers, enjoyed by readers who wanted a bit of literary naughtiness without compromising themselves by reading actual pornography. Having highly suggestive titles (*La femme de feu* [1872], *La femme de glace* [1878], *La bouche de Madame X* [1882], *Une affolée d'amour* [1885]) but relatively benign and euphemistic content, Belot's best-sellers were a curious mix of salaciousness and propriety, hitting just the right note that allowed them at once to titillate and remain safe. It was a formula that worked extremely well for Belot and is exemplified by his greatest success, *Mademoiselle Giraud*. Belot's works provoked outrage in more serious but less popular authors such as Flaubert. *Mademoiselle Giraud* was considered a phenomenon offensive enough to merit the explicit opprobrium of the *Larousse du XIXe siècle* itself.[3]

One of the fascinating things about Belot is that he was leading a double life, publishing pseudo-risqué works under his full name while at the same time publishing under the initials A. B. genuinely risqué fiction such as

L'education d'une demi-vierge (1883), *La maison à plaisirs ou la passion de Gilberte* (1889), and *La canonisation de Jeanne d'Arc* (1890). One of the very few works by Belot that has been reprinted in recent years and has continued to enjoy some recognition appeared posthumously, under the signature A. B., presumably having been found in his papers after his death: this is the minor erotic classic *Les stations de l'amour* (1896). Perhaps the greatest tribute to his notoriety as a creator of erotica is the fact that well after his death, as late as 1912, books not written by Belot were being published under the pseudonym A. B.

Little information is available about Belot's personal life. He was divorced (a scandal at the time), and it was widely rumored that he and his wife conspired for him to be caught in flagrante delicto with a prostitute so that his wife would be granted custody of their two daughters. It has been suggested that it was at the time of this divorce that Belot began writing erotic fiction. It has also been suggested that the considerable proceeds from both his bodies of work (the pseudo-pornographic and the truly pornographic) were necessary to the maintenance of a rather extravagant lifestyle that included exotic travel and, especially, gambling. His remarkably prolific output of commercially successful works paid off huge gambling debts incurred at the gaming tables of Monte Carlo. He died of a stroke in December 1890, at the age of sixty-one.

Other than these few facts, what little we know about Belot comes to us through his alliance with Emile Zola, whose life and work have of course been exhaustively documented. One can glean, as with a sieve, information about Belot by searching through materials about Zola.

Zola and Belot were acquainted as of 1864–65; between that time and 1870, they exchanged numerous letters. Belot's first professional contact with Zola was when Zola reviewed, favorably, a novel by him in the Lyon newspaper *Le salut public*. By 1865, Belot had become influential enough in Parisian theater circles that Zola saw fit to ask him to return the favor, sending him a copy of the manuscript for his first play, *La laide*, and asking that Belot persuade the director of the prestigious Théâtre de l'Odéon to produce it (Belot tried, but to no avail).

That same year, Zola's first novel, *La confession de Claude*, was published, as was a play by Belot and Henri Crisafulli, *Le passé de M. Jouanne*. Both the novel and the play treated the subject of *la vie de bohème*, the unconventional lifestyle led by artists and students of the time to the horror and fascination of the bourgeois. Zola himself, bringing his novel to the attention of a critic, pointed out the coincidence between the two works.

An even closer link between Belot and Zola came about in 1866. Belot and his collaborator Ernest Daudet wrote a novel (first published in serial form in a newspaper), *La Vénus de Gordes*, based on an infamous crime reported in the newspapers, the murder of a husband by his wife and her lover. Directly inspired by Belot and Daudet's novel, Zola published his own version of the murder soon after, a short story entitled "Un mariage d'amour," in *Le Figaro* on Christmas Eve. The next year, a longer, more polished version of the story appeared as Zola's first truly successful novel, *Thérèse Raquin*. There is an unpublished letter from Belot to Zola written in July 1868, in which Belot discusses the possibility of Zola's adapting *Thérèse Raquin* for the stage and suggests a close collaboration between the two writers. (Zola's play *Thérèse Raquin* was performed and published for the first time in 1873.)

In 1869, Zola called on his friend Belot once again, this time enlisting Belot in his struggle to have his novel *La fortune des Rougon*, the first of the multivolume Rougon-Macquart cycle, serialized in the newspaper *Le siècle*.

Thus, by the time Belot wrote *Mademoiselle Giraud, ma femme*, for which Zola was to provide a preface, there was a web of professional connections between the two men and a pattern of mutual aid in matters of literary business. Zola's essay, written in February 1870 under the curiously transparent pseudonym of "Th. Raquin" and defending Belot from accusations of immorality, was first intended as a newspaper article. But Zola was unable to find a newspaper willing to publish it. Zola thus left the article in Belot's hands, and Belot later had the clever (and no doubt commercially advantageous) idea to use it as a preface to his novel, beginning with an edition in 1879.

Mademoiselle Giraud, ma femme tells the story of Adrien de C., a lonely young engineer who, after a brilliant start to his career in Egypt, decides that the time has come for him to return to France and marry. By chance, he meets Paule Giraud, a beautiful and strong-minded young woman from the best of bourgeois families. From his very first sight of her, Adrien is fascinated.

He discovers that Paule's most intimate friend, without whose company Paule is inevitably bored, is Mme de Blangy, a charming young married—but, oddly, separated

—woman he has admired for some time. The two women, he discovers, were best friends in their convent school and have been extremely close ever since. Indeed, Adrien begins his conquest of Paule by discussing the matter with Mme de Blangy. After some hesitation, she concedes that her friend will indeed have to marry at some point and that Adrien is the most suitable man for that purpose. Paule herself remains indifferent throughout the courtship but is willing to comply with her father's wish that she marry Adrien. A marriage is thus arranged.

Following the wedding, Paule refuses to consummate the marriage, offering her husband instead a sisterly friendship. Adrien is understandably baffled by his wife's behavior. Dejected, he leaves her and sets out on an aimless journey. On his travels he meets a man who turns out to be the estranged husband of Paule's friend Berthe de Blangy. It is M. de Blangy who solves the riddle: Berthe and Paule are lesbian lovers and have been since their days together in the convent school.

In the best patriarchal tradition, the two men decide to take their respective wives in hand once and for all. They return to Paris together, abduct the women, and set out on trains headed in different directions, hoping that physical separation will cure their wives. Despite this elaborate scheme, Berthe eventually finds Paule and compels her lover to run away with her. Months later, Paule's mother contacts Adrien, to tell him that Paule is dying in a small village in Normandy and wishes his forgiveness. Adrien rushes to Paule's bedside. Paule acknowledges her guilt and her regret for not having been a real wife to him. Soon after, she dies.

In a bitter and brutal coda, the story ends with a newspaper article describing the drowning death of Mme de Blangy. It is clear to the reader of the novel that she has in fact been drowned by Adrien. The final words of the novel are a note from M. de Blangy thanking Adrien for having rid the world of the "reptile" that was his wife.

It is noteworthy how unshocking Belot's "shocking" novel about lesbianism is. The controversial and daring subject is treated with great prudishness. Not so much as a kiss is depicted between the women, nor does the term *lesbian* appear (interestingly, it was coined—in its sexual sense—just three years prior to the publication of the novel). This is in fact a novel not about lesbianism but about a husband's discovery that his wife is lesbian. The title itself suggests this thematic focus: while the first half of it indicates that the book is the story of a woman (*Mademoiselle Giraud*), the second half, with its possessive adjective (*ma femme*) reveals the real preoccupation of the story.

Hence the narrative is filled with its protagonist's bewilderment and fear; neither he nor the reader discovers, until three-quarters of the way through the book, the secret that explains Paule's refusal to allow her marriage to be consummated. Until that point, all that is certain is that there are no sexual relations taking place between husband and wife, leaving both the husband and the reader to speculate on the various possible psychological, physiological, or social explanations. After the moment of truth, bewilderment and fear give way to rage and revulsion on Adrien de C.'s part (and presumably on the part of the typical late-nineteenth-century reader). The story thus follows a torturous path that leads a man to another man, who unveils a despicable truth. It is also the story of a phobia around which one man bonds with another. To dismiss *Mademoiselle Giraud, ma femme* as homophobic is at once an anachronism and an understatement. A closer look at this novel reveals much about the relation between male bonding and the fear of homosexuality.

What makes the homophobia of the work intriguing is its unconsciously homosocial male bonding, the ironically intense and intimate complicity between men around the subject of female homosexuality. Even on the level of its narrative frame, Belot's novel is rife with male-male complicity. Adrien's tale of woe is told to an "intimate friend" from their days together in a *collège*, Camille V. When they meet after not having seen each other for many years (in the exclusively male space of a *cabinet de fumeurs* at a party), Camille cajoles Adrien into telling him the story of his marriage by reminding him of their former intimacy. Above and beyond the flowery and effusive discourse of friendship not uncommon among men in the nineteenth century, Adrien and Camille indeed seem to share an exceptional intimacy, which allows Adrien to tell, for the first time, the story of his failed marriage (with frequent asides to his "dear friend"). The narrative is thus predicated on an intimate same-sex relationship formed in a single-sex school.

The friendship between Adrien and the count de Blangy echoes the friendship between Adrien and Camille. Of Blangy, Adrien says, "Nous ne nous quittions presque plus" and describes the count as a "compagnon" with whom he has "les relations les plus charmantes." Explaining how he could have become so intimate with a total stranger, he says, "Je ne savais qu'une chose, c'est que ma bonne étoile m'avait donné pour compagnon un homme du meilleur monde, un homme d'esprit: cela me suffisait, et je n'ai pas cherché à savoir son nom." Adrien tells his story to the count with all the trust and honesty with which he told it to Camille: "Je parlai, comme je vous parle à vous, mon cher ami, en toute sincérité." When the time comes for the count to reveal his secret, the secret of their wives' lesbianism, Adrien must beg him for the truth, using their intimacy as his means of persuasion, much as Camille did with Adrien at the beginning of the novel. The last page of the novel ends on a similarly homosocial note, when the count de Blangy thanks Adrien, in the name of "tous les honnêtes gens" (i.e., men of the "better" classes), for having killed his wife, thus making the world safe from the scourge of lesbianism.

The preface that Zola provided for the novel also takes, in a conscious or unconscious echo of Belot, an explicitly homosocial bent. Zola's validation of his friend's novel and its stance on lesbianism can of course itself be interpreted as a homosocial gesture. The preface clearly argues that bourgeois men like Zola, Belot, and, eventually, Belot's readers must band together in order to stamp out lesbianism. Just as the story revolves around complicity and sympathy between Adrien and M. de Blangy and between Adrien and Camille V., so the preface revolves around complicity and sympathy between Belot and Zola and, by extension, between the two authors and their male readers.

Despite the long-established and universally accepted fact that women were among the most voracious consumers of novels, Zola addresses the eventual readers of

Mademoiselle Giraud as if they were all men. The ideal reader of the novel is a stern patriarch who will use it as an admonition to potentially wayward daughters and wives: "Cessez de cacher son livre, et mettez-le sur toutes vos tables, comme nos pères y mettaient les verges dont ils fouettaient leurs enfants. Et, si vous avez des filles, que votre femme lise ce livre avant de se séparарer de ces chères créatures et de les envoyer au couvent." In an unambiguous gesture of complicity and hysteria, he later declares to his imaginary male readers: "L'orgie antique a passé là, la lèpre de Lesbos a gagné nos épouses."

Lesbianism is thus, in both Belot's novel and Zola's preface, a subject to be discussed, and a social problem to be solved, by men. The homosocial complicity that permits such discussion is, however, never even remotely depicted as a situation that could lead to anything like romantic love or sexual desire. The consummate irony of Belot's novel is that the horrifying story of the intense and dangerous intimacy between two single-sex schoolmates (female) can be told only in the bounds of the intense and safe intimacy between two single-sex schoolmates (male). That irony is underscored by the implied homosociality of Zola's relation to his reader in the preface. But why must intimacy and complicity be feared and mistrusted among women, leading as it can—according to Belot and Zola—to homosexuality, while it is revered among men as a source of healthy comfort, therapeutic bonding, and indeed as the very antidote to homosexuality?

The answer to this question lies in the way in which lesbianism is defined by the novel. Lesbianism, Belot suggests, is the fruit of the unnatural intimacies created by convent schools, in which young girls of various ages live together in promiscuous and insufficiently supervised conditions. Speaking through the character of the repentant Paule (in what can only be described as an improbably parenthetical disquisition on the topic), Belot describes the convent school as a breeding ground for homosexual vice. Reflecting on its origins in the convent, Paule admits that many young girls leave the convent as pure as when they entered it and that convent-schooled girls often go on to become virtuous wives and mothers. Lesbianism among convent-school girls, she specifies, is a matter of chance rather than a general rule. But she also argues that a lonely fourteen-year-old girl away from her mother for the first time is easily seduced by a solicitous, kindly, older girl. This relationship may quickly deteriorate into one of psychological domination, creating a bond that becomes impossible to break. Paule concludes, "Le plus souvent, j'en suis persuadée, ce ne sont pas les hommes qui perdent les femmes; ce sont les femmes qui se perdent entre elles." Good news (or perhaps not) for male readers.

Convent education was a timely theme in 1870: with the fall of the Second Empire (1852–70) and the rocky transition to a new regime, the Third Republic (1870–1940), things were in flux. A great sociopolitical debate of the period was that of religious versus secular education for young girls. In 1882, after years of strife between church and state regarding education, a law was passed that established once and for all in France a universal system of free, public, obligatory, secular education for both sexes.

Belot is not so prescient as to propose the state-supported, secular education for young girls that would become law. Rather, he suggests instead that the education of girls and young women should be undertaken by mothers, at home. This point is made clear by Paule as she looks back on how she was ruined by the convent:

> —Vous croyez le couvent dangereux pour une jeune fille?
> —Il peut l'être, répondit-elle.
> —Quel genre d'éducation préférez-vous?
> —Celle qu'on reçoit auprès de sa mère, dans sa famille.
> —Il n'est pas toujours facile à une mère de bien élever sa fille.
> —Qu'elle l'élève mal alors; mais qu'elle l'élève: à défaut d'instruction, elle lui donnera, au moins, des sentiments d'honnêteté.

Maternal home schooling would accomplish two goals, each of which was useful to a patriarchal society. First, that mothers' time and energy would be spent in child-rearing efforts would eliminate many of the opportunities for their straying from the straight and narrow. Second, daughters would be sure to be imbued with family values and would remain under watchful parental eyes; thus would be eliminated any possibility of youthful experimentation or corruption. Home schooling, it seems, would make for a system in which lesbianism was impossible.

Zola was an engaged observer of and participant in the debate on the education of young women, both as an opponent of the convent and as a proponent of secular education. Numerous writings of his, other than the preface to *Mademoiselle Giraud*, demonstrate his belief that convent schools were synonymous with lesbianism, veritable "breeding grounds for homosexuality."[4] Convent education, and specifically its purported link to lesbianism, is explicitly at issue in the lesbian subplots of both *La curée* (1872), in which there is a lesbian couple of former convent-school friends, one blonde and the other brunette, characters that Zola quite openly borrowed from *Mademoiselle Giraud*, and *Pot-Bouille* (1882). At almost exactly the same moment as the publication of Belot's novel, Zola wrote a sort of parable for the newspaper *La cloche*, outlining the dangers of convent education (specifically the danger of excessive physical and emotional intimacy among girls), called "Au Couvent."[5]

The preface defends Belot against accusations of immorality and sensationalism. In a rather blatant contradiction, Zola at once extols the morality of Belot's project and declares the "gros mot d'immoralité" to be "vide de sens en matière littéraire." He takes readers to task for having bought Belot's book on the assumption that it would provide some titillating glimpse of forbidden love among women. Belot's goal, he tells us, is not to glorify or glamorize lesbianism but rather to expose and stigmatize it. It is in making this point that Zola argues that homosexuality among women (at least those of a certain social class) is inextricably linked to convent education:

> Je me suis donné la tâche, après avoir lu *Mademoiselle Giraud*, de faire absoudre M. Belot de son succès. [. . .] Puisqu'on guillotine encore en plein jour, on peut bien marquer publiquement certains vices d'un fer rouge. Ne voyez-vous pas que vous faites

> méchamment et sottement un spéculateur éhonté d'un moraliste qui a mis avec un grand courage le doigt sur une des plaies de l'éducation des jeunes filles dans les couvents?

He says that the most important lesson a reader can learn from Belot's "useful" novel is that of the dangers of convent education. He hammers home his point one last time at the conclusion of the preface, to make sure that there remains no doubt about his reading of the novel: "Et la morale du livre est aveuglante. Lorsque Adrien tente le salut, la rédemption de Paule, elle lui dit avec des larmes dans la voix: 'C'est le couvent qui m'a perdue, c'est cette vie commune, avec des compagnes de mon âge. Dites aux mères de garder leurs enfants auprès d'elles, et de ne pas les mettre à l'apprentissage du vice.'"

For Zola as well as for Belot the novel serves not so much to reveal the existence of lesbianism (as he says in the preface, "pas d'hypocrisie, n'est-ce pas? On est très savant aujourd'hui") as to explicate its origin, to show how such a thing comes to pass. In keeping with Zola's ongoing fascination with the natural and social origins of human behavior and the interplay between the two, Belot's novel provides an unambiguously environmental response to the question of the origin of homosexuality among women.

To the author of *Le roman expérimental*, Belot's "experiment" had produced conclusive results concerning lesbianism, and those results needed to be communicated to the public. Nowhere in either Belot's novel or Zola's preface does one find the slightest hint that lesbianism, at least among women of the "better" social classes, could spontaneously generate in any context other than that of the convent school or that it could fail to be eradicated through social means (the elimination of such institutions). Lesbianism and convent education are intertwined for Belot and Zola, as are the responses they elicit: homophobia and anticlericalism.

For both writers and their many readers, the interest in discovering the origin of lesbianism is fueled at least in part by the desire to know where blame should be placed. Blame and punishment are the central preoccupations of both the novel and the preface. Lesbianism is represented as a crime against society, and as a crime it must be punished.

Belot's novel contains an explicit plea for the criminalization of lesbianism, a wake-up call to society as a whole but especially to lawmakers who alone have the power to stop the growing scourge of lesbian wives. In the absence of laws against homosexuality among women, husbands must become veritable vigilantes.

France had no laws repressing lesbianism in 1870. Since 1791, there had been no laws forbidding homosexual acts in private between consenting adults of either sex. That women could not be prosecuted for lesbianism, since it was not a crime, clearly left some married men in an uncomfortable position. M. de Blangy, for example, has no legal recourse whatsoever when he discovers his wife's homosexuality. He tells Adrien, "La justice [. . .] m'aurait évidemment refusé son concours; le législateur n'a pas prévu certaines fautes et l'impunité leur est acquise. C'est à peine si si j'aurais obtenu des tribunaux une séparation: les torts de Mme de Blangy envers moi étaient d'une telle nature que les juges se refusent souvent à les admettre, pour n'avoir pas à les flétrir." In

Belot's story, hapless husbands such as M. de Blangy and Adrien are forced to take the law into their own hands.

Belot's advocacy of hard-line legal repression of lesbianism is completely at odds with the thematic traditions of French fictional narrative, which tends to treat lesbianism with either a winking indulgence or an erotic fascination. Lesbianism appears to have been considered safe to represent in novels, unlike male homosexuality, which, as a genuine taboo, is nearly completely absent from mainstream French literature written before 1900.

There are many novels with lesbian plots or subplots in the French canon that predate *Mademoiselle Giraud*: Diderot's *La religieuse* (1796), Balzac's *La fille aux yeux d'or* (1834; invoked by Zola in his preface), and Gautier's *Mademoiselle de Maupin* (1835) come to mind. Belot lets us know that he is aware that his work is but a link in a chain of novelistic representations. In Paule and Berthe's love nest on Rue Laffitte, the books on the shelf include these; yet another proof of the extreme naïveté of Adrien is his failure to see the significance of this particular set of titles.[6] What sets *Mademoiselle Giraud* apart from these earlier works is its relative realism. *La religieuse* takes place behind the walls of the cloister, in the decidedly nonmainstream and somewhat surreal world of the convent; *La fille aux yeux d'or* is full of romantically improbable elements, from Paquita's uncannily beautiful golden eyes to the outlandish coincidence that Paquita's male and female lovers turn out to be brother and sister; *Mademoiselle de Maupin* takes place in a sort of pastoral fairy-tale setting, in a vaguely defined earlier period that clearly has nothing to do with Gautier's own nineteenth-century France.

Its melodramatic style aside, Belot's story takes place in contemporary Paris (the first sentence of the novel sets the stage as follows: "Au mois de février de l'hiver dernier, certaine nuit du mardi au mercredi, la partie de l'avenue Friedland comprise entre la rue de Courcelles et l'Arc de Triomphe avait une animation extraordinaire") and in realistic circumstances. All the characters are sociologically plausible, and it is easy to imagine that, absent a few of the more colorful plot twists, such a story could have taken place. Indeed, the realism of *Mademoiselle Giraud* marks a turning point in the history of literary representations of lesbianism in French. While the earlier works are fantastic (on some level or other), those that follow Belot's novel are much more realistic.

It is also interesting to note the emphasis on the topos of male jealousy of lesbianism in several more canonical works. Maupassant's short story "La femme de Paul" (1881), for example, tells of a well-bred young man who discovers the young woman with whom he is infatuated making love to another woman. His disgust and despair lead him to suicide, and his erstwhile lover goes away consoled by her new lover. Given the chronological proximity of Maupassant's work and the rampant commercial success of *Mademoiselle Giraud*, it is possible that the conclusion of Maupassant's story constitutes an ironic wink vis-à-vis Belot: Maupassant's Paul drowns himself rather than his wife's lover, and it is the lesbian couple who walk away at the end of the tale rather than the avenging husband.

More famous is the obsessive jealousy of Proust's narrator Marcel, whose slowly unfolding discovery of his lover Albertine's lesbianism is recounted over the course of three of the volumes of *A la recherche du temps perdu* (alluded to in *A l'ombre des jeunes filles en fleur* [1918], it becomes the thematic centerpiece of *La prisonnière* [1923] and *Albertine disparue* [1925]). As with Belot's Adrien, the lesbianism of a woman with whom the male narrator is in love is a nearly unbelievable, incomprehensible notion that becomes an obsession, as love, desire, and jealousy become indistinguishable in Marcel. Like Adrien, he tries to exercise what physical control he can over the woman he loves. He literally imprisons Albertine, denying her access to any of her female friends other than the one, Andrée, who turns out to have been her lover (thus making the same error in judgment made by Adrien with respect to Berthe de Blangy). Finally, albeit in very different circumstances, the sad tale ends—as does Belot's—when the woman escapes and, having escaped, dies.

The works of Colette that represent lesbianism provide both counterpoints to and echoes of her predecessors. *Claudine à l'école* (1900) has a complex lesbian plot, set in a girls' school, thus echoing Belot. *Claudine en ménage* (1902) tells the story of a married woman whose husband not only tolerates but encourages, for voyeuristic purposes, his wife's affair with another woman (who is also married). The husband ends up seducing the wife's lover. Colette's putatively autobiographical Claudine novels are the first mainstream literary representations of same-sex desire between women created by a female author; equally important, they are told from the point of view of a female first-person narrator. It can be argued that Colette's female characters, and their desire for each other, are depicted with greater authenticity than those of Belot or Proust. Colette nonetheless shares the curious back-and-forth approach to homosexual matters that characterizes most of her predecessors (especially Belot) in the subcategory of novels about lesbianism; she vacillates between world-weary frankness and coy understatement.

That *Mademoiselle Giraud* was perceived by contemporary readers as a realistic work, perhaps even as a sort of novelized version of a *fait divers* taken straight from the newspaper (à la Belot and Daudet's *La Vénus de Gordes* and later Zola's *Thérèse Raquin*), helps explain the success of the novel. Belot surely attempted to titillate his readers with scandalous stories made all the more scandalous by their realism. But that very realism required him to take a clear and harsh stand on the moral question of lesbianism. While it was acceptable for Gautier's bisexual superheroine to go riding off at the end of the novel into an ethereal sunrise, the very believable female characters of *Mademoiselle Giraud* needed to be put to death in order to ease the minds of the readers. Zola's defense of Belot notwithstanding, Belot was something of a literary speculator, risking the fortune of his book on his ability to give the public exactly what it wanted.

Perhaps the most compelling thing about Belot's work is that it is in fact genuinely commercial literature, the content of which is shaped by the author's astute reading of the preoccupations, tastes, and sensibilities of his audience. Belot seems to have calculated what bourgeois readers would find provocative, how far he could go in titillating them, and just what proportion of stern conventional morality had to be added to the mix in order to render the work safe. Such a calculation is the hallmark of the popular novel in nineteenth-century France: sensationalism is a must, but it is required that good triumph over evil in the end. Popular classics such as *Mademoiselle Giraud* can teach us a great deal about the mentality of a particular culture at a particular historical moment. They are formulaic, yes, but those very formulas may paint a clearer picture—albeit in broad strokes—of a period than works whose content was determined by the more idiosyncratic, less commercial, aesthetic vision of a particular novelist. Comparing *Mademoiselle Giraud* with a canonical work of high culture is like comparing a popular television sitcom with a feature film by an auteur filmmaker.

It is important to see Belot's novel in the larger literary context of the popular novel in nineteenth-century France. *Mademoiselle Giraud* is in many ways exemplary of the genre. As it has been defined by the literary historian Yves Olivier-Martin, the popular novel tended to describe "la lutte du Mal et du Bien dans le présent, la société contemporaine des auteurs et des lecteurs" (11). This contemporaneity was crucial: readers were invited to imagine a story that might well take place in their midst, a story whose characters were people they might pass on the sidewalk every day, ordinary people in extraordinary circumstances. Belot's novel also exemplifies the popular novel's formula, articulated by Olivier-Martin, of pairing "personnages simplifiés" with "événements compliqués" (coincidences, chance encounters, improbable plot twists) to create stories that speak "à l'imagination, à la sensibilité, et surtout aux nerfs" of their readers (13). Typically, the popular novel was set in Paris, exposing and examining what lay beneath the roiling surface of the developing urban industrial landscape.

Popular novels also tended to revolve around a set of stock characters, of which *Mademoiselle Giraud* presents several: the predatory femme fatale, inevitably punished, usually by death, in the end (Berthe de Blangy); the victimized woman whose virtue has been snatched away (Paule); the hero, who ultimately triumphs (Adrien). The grisly conclusion of Belot's novel is the point at which the novel conforms most closely to the conventions of the popular novel, as defined by Olivier-Martin: "L'entrée en scène finale du héros permet le rétablissement de l'ordre troublé par l'invasion du Mal, la Justice est rétablie, justice qui se manifeste essentiellement par la reconnaissance (père et fille) et la vengeance. La fin n'est pas nécessairement heureuse" (14).

Belot's heavy use of dialogue, of brief paragraphs (sometimes composed of a simple sentence or two: "Elle se trompait. Je devins un tyran"), and of expressive punctuation (exclamation points, ellipses) is typical of the nineteenth-century *roman populaire*. There are two equally valid explanations for this distinctive narrative style: first, the authors of serialized novels were often paid by the line, so it was to their economic advantage to write as many lines as possible; second, this style is the manifestation of the overdetermined link between the popular novel and the theatrical melodrama. As the critic Jean-Claude Varielle has suggested, each of these short dramatic sentences represents a minor theatrical moment that echoes the larger moments of high drama that occur throughout the text, most often at the end of chapters.[7]

Chapters in a novel like Belot's can be read as scenes of a melodrama, the ellipses or exclamation points with which they frequently end signifying the fall of the curtain.

Its conformity to genre convention notwithstanding, *Mademoiselle Giraud* does deviate from the formulas of the French popular novel of the mid to late nineteenth century. The *roman populaire*, targeted at a largely working-class audience, often chose as its heroes and heroines representatives of the working class or the petite bourgeoisie, often pitted in moral and economic struggles against *grand bourgeois* or aristocratic oppressors. One of the functions of the genre, Olivier-Martin has speculated, was to present its readers with a sublimated universe, in which the socioeconomically weak triumph over the strong. Belot's novel, in contrast, takes place among the privileged, aristocrats, and *grands bourgeois* and is devoid of any treatment of class struggle or monetary difficulty. Class is nonetheless at issue in the novel: Adrien specifically says that he is shocked to learn of the existence of lesbianism among women of his own class, and it may be argued that the revelation of the story, for both him and the reader, is less the existence of lesbianism as a human phenomenon than as a possibility among bourgeois and aristocratic women (as opposed to, for example, prostitutes). Indeed, as we have discussed, the subtype of lesbianism treated by Belot, with its origins in convent schools, is by definition exclusive to the "better" classes of society.

The commercial success of *Mademoiselle Giraud* suggests that it was appreciated by readers across a wide spectrum of society, that the specific type of voyeurism it offered varied according to the socioeconomic class of the reader.[8] Readers who could identify, sociologically, with its well-heeled and well-connected characters may have read it almost as a roman à clef, imagining their acquaintances in similar situations. Working-class readers may have read the novel as a means of peering through a gilded keyhole into the lives of the privileged, taking pleasure in the confirmation of the fact that no social circle is immune to vice.

Belot's giving a sociological twist to the popular novel by setting his stories among the privileged was so characteristic of his work that it became something of a trademark. That it proved to be an irresistible combination warrants further scrutiny. The numerous readers of *Mademoiselle Giraud* were, finally, able to have it all. The shocking subject of lesbianism, titillating to both men and women, was rendered completely unthreatening by the stern moralism of the work and presented only under the safe cover of prudish and indirect language, according to the unwritten rules of the genre. This conventional work was, however, enlivened by the extra spice of the enviable social position of his characters. Ultimately, the fundamental irony of the work is also the key to its immense success. By terrifying readers with the story of perverted married women and simultaneously comforting them with the notion that the perversion had a readily identifiable origin, one easily eliminated by social means, Belot wrote in essence the perfect horror story. Berthe de Blangy is a predatory reptile, and contemporary readers no doubt shuddered at the thought of such a creature, but they cheered at her execution by drowning. In short, they could put down Belot's shocking book and still get a good night's sleep.

Notes

[1]The infamy of Belot's novel was international. Translated into English in 1891, *Mademoiselle Giraud* was cited on numerous occasions by reporters and editorialists in conjunction with the sensational Mitchell-Ward lesbian murder case of 1892. The novel was regarded, at least by some, as a scientific study of the phenomenon of lesbianism, one editorialist going so far as to say that Belot had "done more to bring the subject of sexual perversion, as illustrated in the Mitchell-Ward case, before the public than has any scientific physician." Another claimed that in the criminal court of Memphis, where the trial was to take place, Belot's novel would be "the only textbook at hand" (Duggan 24, 181).

[2]The information presented here concerning Belot's life and works, and his association with Emile Zola, has been compiled from several sources: Alexandrian, *Histoire* 238–39 and "Vie" 603–08; Cantégrit; Mitterand 533–35; and Zola (vols. 1 and 3). Other acknowledgments of *Mademoiselle Giraud* as an important moment in the history of literary representations of lesbianism are Faderman 278–81, (on Zola's preface) 283; Foster 81.

[3]Interestingly, Flaubert's outrage was provoked by the huge popularity of Belot's work in comparison to the relative obscurity of Zola's; in a letter to George Sand (1874), Flaubert said, "Jusqu'à quelle profondeur de bêtise descendrons-nous? Le dernier livre de Belot s'est vendu en quinze jours à huit mille exemplaires, *La conquête de Plassans* de Zola à dix-sept cents en six mois, et il n'a pas eu un article!" (Hemmings 83). On the entry in the *Larousse du XIXe siècle*, see Nathan 183.

[4]Schor notes that in Zola's novels the word *pensionnaire* "is another way of saying lesbian" (94). She gives a detailed reading of "Au couvent."

[5]"Au couvent" has been reprinted in Kanes 220–21.

[6]An even broader thematic tradition among French novels into which *Mademoiselle Giraud* may be inscribed is the punishment of a sexually transgressive female character with death at the conclusion of the story, making possible a return to patriarchal moral order. Among such novels are some of the most famous in the French canon: Prévost's *Manon Lescaut* (1731), Rousseau's *Julie, ou la novelle Héloïse* (1761), Laclos's *Liaisons dangereuses* (1782), Flaubert's *Madame Bovary* (1857), and Zola's *Nana* (1880). *La religieuse* and *La fille aux yeux d'or* may be included in this group as well.

[7]The history of the close relation between the popular novel and the theatrical melodrama in nineteenth-century France is complex

and fascinating. Many authors, not only Belot, worked more or less simultaneously in the two genres. See Brooks; Prendergast; Thomasseau; and Varielle. My comments here on the theatrical style of the popular novel are especially indebted to Varielle 219–24.

[8]Exact information about the demographics of the readership of the *roman populaire* in the nineteenth century is nonexistent. A few scholars, however, have argued that in addition to the bourgeois, who were known to be consumers of novels, working classes read the popular novel as early as mid-century. See Nies; Thiesse.

Works Cited

Alexandrian, Sarane. "La double vie littéraire d'Adolphe Belot." *L'érotisme au XIXe siècle*. Ed. Alexandrian. Paris: Lattès, 1993.

———. *Histoire de la littérature érotique*. Paris: Seghers, 1989.

Brooks, Peter. *The Melodramatic Imagination*. New Haven: Yale UP, 1976.

Cantégrit, Claude. Preface. *Mademoiselle Giraud, ma femme*. By Adolphe Belot. Paris: Garnier, 1978. 5–7.

Duggan, Lisa. *Sapphic Slashers: Sex, Violence, and American Modernity*. Durham: Duke UP, 2000.

Faderman, Lillian. *Surpassing the Love of Men*. New York: Morrow, 1981.

Foster, Jeannette H. *Sex Variant Women in Literature*. Tallahassee: Naiad, 1985.

Guise, René, and Hans-Jorg Neuschäfer, eds. *Richesses du roman populaire*. Nancy: Centre de Recherches sur le Roman Populaire, 1986.

Hemmings, F. W. J. *The Life and Times of Emile Zola*. New York: Scribner's, 1977.

Kanes, Martin, ed. *L'atelier de Zola: Textes de journaux, 1865–1870*. Geneva: Droz, 1963.

Mitterand, Henri. "La publication en feuilleton de *La fortune des Rougon*." *Mercure de France* 337 (1959): 531–36.

Nathan, Michel. *Anthologie du roman populaire, 1836–1918*. Paris: 10/18, 1985.

Nies, Fritz. "Rendre sa voix à la 'majorité silencieuse': Lecteurs et lectrices de romans populaires au XIXe siècle." Guise and Neuschäfer 147–64.

Olivier-Martin, Yves. *Histoire du roman populaire en France de 1840 à 1980*. Paris: Michel, 1980.

Prendergast, Christopher. *Balzac: Fiction and Melodrama*. London: Arnold, 1978.

Schor, Naomi. *Zola's Crowds*. Baltimore: Johns Hopkins UP, 1978.

Thiesse, Anne-Marie. "Lecteurs sans lettres." Guise and Neuschäfer 135–45.

Thomasseau, Jean-Marie. *Le mélodrame*. Paris: PUF, 1984.

Varielle, Jean-Claude. *Le roman populaire en France, 1789–1914*. Limoges: PU de Limoges; Quebec: Nuit Blanche, 1994.

Zola, Emile. *Correspondance*. Ed. B. H. Bakker, C. Becker, and Henri Mitterand. 10 vols. Montréal: PUM; Paris: Publications du Centre National de la Recherche Scientifique, 1978–95.

SELECTED BIBLIOGRAPHY

Belot, Adolphe. *Les stations de l'amour*. Paris: Pauvert, 1987.

Bonnet, Marie-Jo. *Un choix sans équivoque: Recherches historiques sur les relations amoureuses entre les femmes, XVIe–XXe siècle.* Paris: Denoël, 1981.

Brown, Frederick. *Zola: A Life*. New York: Farrar, 1995.

DeJean, Joan. *Fictions of Sappho, 1546–1937*. Chicago: U of Chicago P, 1985.

Foucault, Michel. *Histoire de la sexualité*. 3 vols. Paris: Gallimard, 1976.

———. *The History of Sexuality*. 3 vols. Trans. Robert Hurley. New York: Vintage, 1988–90.

Hart, Lynda. *Fatal Women: Lesbian Sexuality and the Mark of Aggression*. Princeton: Princeton UP, 1994.

Ladenson, Elisabeth. *Proust's Lesbianism*. Ithaca: Cornell UP, 1999.

Marks, Elaine. "Lesbian Intertextuality." *Homosexualities and French Literature: Cultural Contexts / Critical Texts*. Ed. George Stambolian and Marks. Ithaca: Cornell UP, 1979. 353–77.

Sedgwick, Eve Kosofsky. *Between Men: English Literature and Male Homosocial Desire*. New York: Columbia UP, 1985.

Zola, Emile. *La curée*. Paris: Gallimard, 1981.

———. *La Curée*. [In English.] Trans. Alexander Teixeira de Mattos. New York: Boni, 1924.

———. *The Experimental Novel*. Trans. Belle M. Sherman. New York: Haskell, 1964.

———. *Pot-Bouille*. Paris: Presses Pocket, 1990.

———. *Pot Luck*. Trans. Brian Nelson. Oxford: Oxford UP, 1999. Trans. of *Pot-Bouille*.

———. *Le roman expérimental*. Paris: Garnier, 1971.

NOTE ON THE TEXT

Mademoiselle Giraud, ma femme first appeared in its definitive form as a novel in 1870 and was republished many times in the next thirty years. All editions of the novel, including the earliest, appear to have included the brief note to the reader that follows the preface by Zola in this edition.

As I have discussed in the introduction to the volume, the preface by Zola was written in 1870 and originally intended as a newspaper piece. It was, however, never published in a newspaper and first appeared as a preface to Belot's novel in an 1879 edition. Thereafter, it was included in virtually all editions of *Mademoiselle Giraud*. The text of this preface is taken from an 1889 F. Roy edition. For the novel itself, I revised, modernized, and corrected an 1870 E. Dentu edition.

The only modern reprinting of *Mademoiselle Giraud* in French was in 1978 by Garnier, edited by Claude Cantégrit.

ADOLPHE BELOT

Mademoiselle Giraud, ma femme

PREFACE

M. Adolphe Belot vient de publier un livre : *Mademoiselle Giraud, ma femme*, qui a réussi à forcer l'attention du public, par ces jours d'émotion politique. Ce roman s'est vendu à trente mille exemplaires, paraît-il. Depuis plus d'un an, c'est le seul volume qui ait arraché toute une foule de lecteurs à ce flot montant de journaux qui menacent de tuer la librairie.

Un pareil phénomène est bon à étudier. Je viens de lire l'œuvre de M. Belot et je connais maintenant les causes de son succès. La foule a cru trouver la pâture à ses curiosités malsaines. Ce qu'elle cherche dans les indiscrétions d'alcoves de certaines feuilles, elle l'a cherché dans le livre grave et vengeur du romancier. Et, pendant qu'elle dévorait ces pages si saines et si fortes, qu'elle tentait vainement de salir par ses appétits de scandale, elle allait déclarer tout haut que cette œuvre était une honte, feignant de ne pouvoir même en prononcer le titre devant les femmes, accusant presque l'auteur d'avoir spéculé sur les goûts honteux de l'époque.

J'aime les déclarations nettes. La vérité vraie est que, tout en faisant un succès à l'auteur, beaucoup de personnes ont prononcé le gros mot d'immoralité, si vide de sens en matière littéraire. Maintenant, quand le public daigne lire une de nos œuvres, il semble nous dire : « Nous vous lisons, mais c'est parce que vous êtes profondément obscènes et que nous aimons les récits épicés. » Bientôt le succès deviendra un crime, une prévention d'attentat à la pudeur publique ; on ne pourra plus vendre un livre à deux mille exemplaires, sans qu'on se demande quelles descriptions hasardées l'écrivain a bien pu mettre dans son roman, pour que deux mille personnes aient consenti à l'acheter.

Je me suis donné la tâche, après avoir lu *Mademoiselle Giraud*, de faire absoudre M. Belot de son succès. Il faut bien que quelqu'un dise au public : « Eh ! ne baissez pas la voix, parlons tout haut de cette œuvre dont vous voulez faire une de ces œuvres que vos femmes et vos filles cachent sous l'oreiller. Puisqu'on guillotine encore en plein jour, on peut bien marquer publiquement certains vices d'un fer rouge. Ne voyez-vous pas que vous faites méchamment et sottement un spéculateur éhonté d'un moraliste qui a mis avec un grand courage le doigt sur une des plaies de l'éducation des jeunes filles dans les couvents ? »

Je sais bien qu'il est de bon ton de cacher le vice pour permettre à la vertu de vivre sans rougir. On fait vraiment la vertu d'une constitution trop faible. C'est bien parce qu'elle est la vertu qu'elle peut tout entendre.

D'ailleurs, pas d'hypocrisie, n'est-ce pas ? On est très savant aujourd'hui. On se contente de se confier tout bas ce qu'on défend aux moralistes de flétrir tout haut. M. Belot n'a rien appris à personne, n'a troublé aucune innocence, en racontant la liaison monstrueuse de deux anciennes amies de couvent. Cette histoire-là court notre société gâtée jusqu'aux moelles. Le crime de l'auteur est simplement d'avoir troublé la quiétude des gens qui préféraient se raconter l'histoire en question entre deux portes, à la voir circuler librement avec toutes ses conséquences vengeresses. Et, comme pour le punir d'arracher le voile, on cherche à lui faire expier son audace en lui prêtant toutes les intentions de scandale que l'on met dans son livre.

Eh bien ! non, vous n'avez pas compris. M. Belot n'est pas digne du succès que vous lui avait fait. Cessez de cacher son livre, et mettez-le sur toutes vos tables, comme nos pères y mettaient les verges dont ils fouettaient leurs enfants. Et, si vous avez des filles, que votre femme lise ce livre avant de se séparer de ces chères créatures et de les envoyer au couvent.

Le drame est d'une simplicité terrible. J'oserai le raconter.

Un jeune homme, Adrien de C... , s'éprend de Paule Giraud, une grande fille brune, qui lui livre sa main avec un étrange sourire. Paule a pour amie Berthe de B... qu'elle a connue au couvent, et avec laquelle elle entretient des rapports assidus. Cette Berthe, une blonde aux yeux gris, aux lèvres rouges, a fait autrefois un mariage d'inclination, si l'on en croit les bruits du monde ; puis son mari l'a quittée, on n'a jamais su pourquoi, et le monde a donné tort à ce mari qui a dédaigné de se défendre. Aussi, quand elle apprend qu'Adrien veut épouser son amie, Mme de B... cherche-t-elle à le détourner de ce mariage avec une insistance et certains regards qui devraient donner à réfléchir au jeune homme.

Le mariage se fait, et Adrien ne peut arriver à le consommer. Elle entend rester vierge. Elle décourage les tendresses de son mari, elle n'a à lui donner qu'une amitié de sœur. Alors Adrien croit que Paule le trompe. Il l'épie, il la suit ; et quand il l'a vue entrer furtivement dans une maison inconnue, quand il pense la surprendre dans les bras d'un amant, il la trouve en compagnie de Mme de B... , qu'il lui avait défendu de voir. Rien ne l'éclaire, l'attitude de ces deux femmes le trouve aveugle. Vaincu dans la lutte qu'il soutient, il part, éperdu, sans pouvoir deviner quelle fatalité pèse sur lui. Pour pénétrer au fond de cette infamie, il faut qu'il rencontre à Nice le mari de Berthe, cet homme qui a fui sa femme et qui a accepté la condamnation du monde. L'orgie antique a passé là, la lèpre de Lesbos a gagné nos épouses. Adrien, épouvanté, rêve d'arracher Paule à ces hontes. Il décide M. de B... à rentrer en France, à emmener sa femme d'un côté, pendant qu'il entrainera la sienne d'un autre. Mais Berthe ne lâche pas sa proie, elle rejoint sa compagne, et quand Adrien, plus tard, est appelé auprès de Paule, il la trouve mourante, d'une terrible maladie ; il ne peut plus que la venger en aidant le ciel à noyer Berthe, la fille aux yeux d'or que Balzac a entrevue dans un cauchemar.

Telle est l'œuvre. C'est une satire de Juvénal. Seulement, M. Belot est d'une chasteté extrême d'expressions. Il n'a point les verdeurs du poète. Il a le ton froid et clair du juge qui descend dans les monstruosités humaines et qui applique en honnête homme les éternelles lois du châtiment. Tout le monde peut le lire. C'est le procès-verbal d'un crime, c'est une audience de cour d'assises, pendant laquelle toute la fange de notre société est étalée, avec une telle sévérité de parole que personne ne songe à rougir.

Et la morale du livre est aveuglante. Lorsque Adrien tente le salut, la rédemption de Paule, elle lui dit avec des larmes dans la voix : « C'est le couvent qui m'a perdue, c'est cette vie commune, avec des compagnes de mon âge. Dites aux mères de garder leurs enfants auprès d'elles, et de ne pas les mettre à l'apprentissage du vice. »

Maintenant, que le public fasse à l'œuvre de Belot le succès qu'il lui plaira. Elle est, pour moi, un acte d'honnêteté et de courage.

Th. Raquin
[Emile Zola]

AVERTISSEMENT AU LECTEUR

La note qui annonçait la brusque interruption des aventures de *Mademoiselle Giraud*, dans le *Figaro*, a fait naître certaines préventions que l'auteur doit essayer de combattre.

Mademoiselle Giraud, ma femme, repose, il est vrai, sur une donnée délicate, mais on s'est appliqué à châtier la forme, à éviter toute expression mal sonnante, toute peinture trop vive, tout détail indiscret. L'auteur a préféré souvent pécher par trop d'obscurité que par trop de clarté, et il est persuadé que si ce roman venait à s'égarer au milieu de jeunes esprits, il resterait énigmatique. Quant aux personnes habituées à lire entre les lignes et à comprendre les sous-entendus, elles ne sauraient nous faire un crime d'avoir abordé un sujet déjà traité par des écrivains respectés, et notamment par Balzac. Elles seraient tout au plus en droit de soutenir que certaines questions doivent toujours rester dans l'ombre et qu'il y a danger à les soulever. L'auteur n'est pas de cet avis, et pour ne pas se répéter, il renvoie les lecteurs [aux pages 129–30] de ce volume. Si après avoir jeté les yeux sur le passage signalé ils ne sont pas convaincus, ils voudront bien du moins reconnaître que ce livre a été sérieusement écrit et qu'il contient d'utiles enseignements.

I

Au mois de février de l'hiver dernier, certaine nuit du mardi au mercredi, la partie de l'avenue Friedland comprise entre la rue de Courcelles et l'Arc de Triomphe avait une animation extraordinaire. Devant un hôtel de style Renaissance brillamment éclairé, des équipages, des voitures de remise et de simples fiacres déposaient à chaque instant des hommes en paletot, des femmes encapuchonnées. Ils traversaient à la hâte le vaste trottoir qui sépare la chaussée des maisons ; un des battants d'une porte cochère s'ouvrait devant eux, et un petit nègre en livrée leur montrait silencieusement le vestiaire, au rez-de-chaussée à gauche.

Au bout d'un instant, les hommes en habit noir, les femmes en dominos de toutes les nuances, avec des loups sur le visage, gravissaient un escalier à rampe sculptée. Arrivés dans un premier salon, ceux-ci se dirigeaient, pour le saluer ou lui serrer la main, vers un personnage de quarante-cinq à cinquante ans, grand, mince, distingué, portant toute sa barbe, une barbe blonde très connue dans le monde parisien. Celles-là, pendant ce temps, rejoignaient un jeune homme qui se tenait à l'entrée du salon, échangeaient un signe avec lui, murmuraient un nom, soulevaient un bout de masque, et s'étant fait ainsi reconnaître, se faufilaient dans une grande galerie, toute tapissée de toiles précieuses et déjà pleine des amis de la maison.

On aurait pu se croire au foyer de l'Opéra une nuit de bal, mais à l'Opéra d'autrefois, celui dont nos pères gardent le souvenir, à l'époque où l'on savait encore causer, rire et s'amuser sans turbulence ni scandale, où l'intrigue florissait, où les femmes du monde n'étaient pas exposées à entendre des propos obscènes et à être victimes de cyniques brutalités, où la cohue n'avait pas remplacé la foule, où l'esprit n'avait pas encore fait place à l'engueulement, triste expression, hélas ! consacrée.

Aux côtés du maître de la maison, un esprit fin et délicat, trop délicat peut-être pour notre temps, un véritable gentilhomme de lettres, qui porte, en littérature, la peine de sa distinction native, de son culte pour le dix-huitième siècle, un portrait de la Tour, égaré parmi les toiles de notre époque réaliste, se pressaient plusieurs sommités politiques, mondaines et artistiques.

Les femmes étaient en minorité dans cette réunion, et il eût été difficile de dire à quelle classe de la société elles appartenaient.

Peut-être tous les mondes parisiens avaient-ils envoyé là leurs plus séduisantes ambassadrices : si le nom de quelque honnête femme mariée, de quelque grande dame, se murmurait à l'oreille, il arrivait aussi qu'une demi-mondaine à la mode ou une actrice en vogue trahissait son incognito. Au bout de la galerie, à droite, assises devant une table élégamment servie, on se montrait trois femmes de théâtre, célèbres par leur beauté.

L'une qui s'apprêtait à jouer bientôt, sur une de nos grandes scènes, un rôle de poitrinaire, se reconnaissait à ses épaules blanches et satinées, à son menton arrondi et sensuel, à sa bouche d'une fraîcheur incomparable : celle-ci célèbre par ses bijoux et ses intermittences d'amour pour un grand comédien, avait, sous prétexte de chaleur, mis franchement son loup dans sa poche, et apparaissait belle et distinguée ; la troisième avait gardé son masque, mais on devinait sa toute charmante personnalité à son regard, un regard tellement incendiaire, que l'été dernier, lorsque son mobilier prit feu, ses amis l'accusèrent d'avoir allumé elle-même l'incendie.

A quel genre de fête tout ce monde avait-il été convié ? S'agissait-il d'un bal ? Aucun orchestre n'invitait à la danse. D'un concert ? C'est à peine si les voix se taisaient, si les rires cessaient, lorsqu'un artiste de mérite s'approchait du piano. C'était une fête sans nom, d'un genre particulier : une sorte de réception sous le masque.

Après avoir fait plusieurs fois le tour des salons, échangé beaucoup de saluts et de poignées de mains, essayé de dévisager discrètement quelques femmes, s'être arrêté à plusieurs reprises devant le buffet, un charmant homme de nos amis, lieutenant de vaisseau, en congé de semestre à Paris, ne craignit pas de s'approcher du maître de la maison pour lui demander s'il n'avait point, par hasard, dans son intelligente sollicitude, réservé un petit coin aux malheureux qui ne sauraient rester toute une nuit sans fumer.

— Comment donc, cher monsieur, répondit M. X..., je leur ai réservé tout le second étage de l'hôtel. Traversez la galerie, tournez à gauche, gravissez l'escalier et vous trouverez dans mon cabinet, sur un bureau, de quoi satisfaire vos vices.

— Ils vous seront éternellement reconnaissants de ce bon procédé, s'écria Camille V... qui s'empressa de suivre les indications qu'on venait de lui donner.

Ses vices allaient se trouver en nombreuse compagnie : une dizaine de fumeurs occupaient déjà le cabinet de M. X... Le lieutenant de vaisseau prit un cigare dans une petite coupe en bronze placée sur la cheminée, et, avisant un fauteuil vacant, alla s'y installer. Il était nonchalamment étendu depuis un instant, la tête renversée sur le dossier du fauteuil, les jambes croisées, tout entier au plaisir de savourer d'excellent tabac de la Havane, lorsqu'il crut apercevoir, à travers l'épais nuage de fumée qui obscurcissait le cabinet, une figure amie.

Il se leva, fit deux ou trois pas, regarda plus attentivement, et reconnut en effet Adrien de C..., un de ses anciens camarades à l'école préparatoire de Sainte-Barbe, son compagnon pendant deux années, son voisin de classe et d'études.

Il ne pouvait s'y tromper : c'était bien les mêmes traits réguliers, le même regard doux et à demi voilé, les lèvres minces recouvertes d'une légère moustache. Mais quelle pâleur répandue sur ce visage autrefois coloré, comme il s'était amaigri ! Des rides précoces se dessinaient aux coins de la bouche, les cheveux étaient gris maintenant, et un grand cercle bleuâtre s'étendait sous les yeux. Quinze années avaient-elles suffi pour opérer ce changement et faire un tel ravage ? « Serais-je changé comme lui ? » se demanda Camille V... avec effroi.

Il se retourna machinalement vers la glace de la cheminée et reconnut avec un certain plaisir, après un court examen, qu'il n'avait pas vieilli comme son ancien condisciple.

« Et cependant, se dit-il, il n'a pas mené une existence aussi rude, aussi accidentée que la mienne ; il n'a pas couru le monde, souffert de la chaleur et du froid, vécu dans des climats malsains, affronté des tempêtes... »

Il s'arrêta et reprit :

« Oui, mais il a peut-être été atteint par quelque grande infortune ; les souffrances morales ont plus de prise sur certains hommes que les douleurs physiques. Sait-on toutes les déceptions, toutes les tristesses, toutes les angoisses, tous les désespoirs que quinze années apportent avec elles ? »

Il s'était peu à peu approché de son ami. Tout à coup, Adrien de C... qui, plongé dans ses réflexions, ne l'avait pas vu venir, leva la tête, le reconnut et lui tendit les deux mains.

— Quoi ! s'écriait-il, je te retrouve enfin ! Quel bonheur ! Moi qui demandais encore dernièrement de tes nouvelles ! Comme toujours on m'a répondu que tu courais le monde et je m'en suis désolé. Cette fois le hasard nous réunit après tant d'années. Tu m'en vois ravi.

Ils s'assirent l'un près de l'autre et causèrent longuement. Ils avaient tant de bons souvenirs à évoquer, tant de choses à se dire ! Adrien de C… ne se lassait pas d'interroger l'officier de marine ; il voulait savoir comment il avait obtenu tous ses grades, quels périls il avait courus, quelles luttes il avait eu à soutenir ; il se plaisait à lui faire raconter ses longs voyages.

On aurait pu croire que ces récits apportaient une sorte de diversion à ses pensées, et qu'il était heureux de vivre un instant de la vie de son ami, pour n'avoir pas à vivre de la sienne.

Mais Camille V… dut enfin s'arrêter, et s'adressant à celui qu'il venait de retrouver :

— A ton tour, lui dit-il ; parle.

— Moi ! fit avec effroi Adrien de C… ; oh ! non !

— Quoi ! Je t'ai livré tous mes secrets et tu gardes les tiens !

— Ma vie ne présente aucun intérêt. Je me suis contenté de suivre la carrière à laquelle tu m'as vu me préparer.

— Et de la suivre brillamment ; je l'ai su. Mais que d'aventures pendant tout ce temps, que d'anecdotes à me dire, que d'événements grands et petits ! D'abord ne m'a-t-on pas appris dernièrement à Toulon que tu t'étais marié, il y a deux ans. Es-tu heureux, as-tu des enfants ?

Adrien de C… leva vivement la tête et regarda son ami d'une si étrange façon que celui-ci ne put s'empêcher de s'écrier :

— Ma question n'est-elle donc pas naturelle ? T'aurais-je blessé ?

Et comme Adrien de C… ne répondait pas, tout à coup, le lieutenant de vaisseau lui prit les mains avec une vivacité charmante et s'écria :

— Tu souffres, tu as quelque grand chagrin. A qui le confierais-tu, si ce n'est à moi ?… N'étais-je pas ton seul ami, autrefois, ton frère ? Pour avoir longtemps vécu éloignés l'un de l'autre, avons-nous cessé de nous aimer ? As-tu donc oublié le plaisir que nous venons d'éprouver à nous revoir ? Un coup d'œil nous a suffi pour nous reconnaître, malgré notre longue séparation, et avant que nos mains se fussent rejointes, notre cœur nous entraînait l'un vers l'autre.

— Ah ! que ne t'ai-je rencontré plus tôt, répondit Adrien de C… Tu m'aurais aidé de tes conseils, tu m'aurais peut-être consolé. Maintenant, il n'y a plus rien à faire et je n'ai plus rien à dire.

Et comme s'il redoutait de nouvelles questions et de nouvelles prières, il se leva et entraîna son ami vers les salons du premier étage.

Ils avaient changé d'aspect depuis que l'officier de marine les avait quittés. Il y régnait maintenant plus d'animation et de gaieté. A la suite du souper, quelques masques étaient tombés comme par mégarde, on apercevait plusieurs jolis visages ; d'autres se laissaient deviner. Certaines épaules comprenant qu'elles avaient un devoir à remplir, repoussaient peu à peu le camail qui les couvrait et apparaissaient nues et provocantes.

Le maître de la maison, incapable de résister plus longtemps à de pressantes sollicitations, venait de changer le programme de la fête et de permettre quelques valses et quelques quadrilles.

A la causerie avait succédé le rire, la danse avait remplacé l'intrigue. Ce n'était plus une réception, c'était un bal, d'autant plus animé qu'il avait commencé plus tard, et qu'une infinité de jolies jambes avaient à prendre une éclatante revanche de leur longue inaction.

Les deux amis parcoururent une dernière fois les salons, jetèrent un coup d'œil sur les groupes de danseurs, et, d'un commun accord, se retirèrent.

Ils descendirent à pied l'avenue Friedland et le boulevard Haussmann, et prirent, à cinq heures du matin, congé l'un de l'autre sur la place de la Madeleine, après s'être promis de se retrouver vers les trois heures de l'après-midi, à l'hôtel de Bade, où Camille V... habitait en ce moment.

L'officier de marine attendit son ami à l'heure convenue, mais ne le vit pas arriver. Il commençait à s'inquiéter lorsqu'un garçon de l'hôtel entra dans sa chambre, et lui remit une lettre qu'un commissionnaire venait d'apporter. Elle était d'Adrien de C... Voici ce qu'elle contenait :

« Je me suis rendu hier à cette soirée de l'avenue Friedland dans l'espérance que le bruit, le mouvement apporteraient quelque diversion à ma tristesse. Il n'en a rien été. Depuis six semaines, je lutte inutilement contre le chagrin qui m'absorbe. Paris me rappelle de trop cruels souvenirs. Je pars, je vais je ne sais où, tout droit devant moi. Que ton amitié me pardonne de ne pas te dire adieu. J'ai peur que tu ne m'interroges, que tu ne m'arraches mon secret, et je n'ai pas, en ce moment, le courage de te le dire. Mais tu le sauras un jour, mon cher camarade ; lorsque je serai plus calme, plus maître de moi, je compte écrire ma curieuse et exceptionnelle histoire. Je te l'enverrai, et si tu penses qu'il peut être utile à quelqu'un de la savoir, je t'autorise à la publier. Tu ne me nommeras pas, j'ai confiance en ta délicatesse, et personne n'aura l'idée de me reconnaître. Que m'importe, du reste ! Sais-je ce que je vais devenir !... »

Adrien de C... a tenu sa promesse ; nous publions le manuscrit qu'il a fait parvenir à Camille V... , et que celui-ci a cru pouvoir nous confier.

II

Mon début dans la vie, mon cher ami, semblerait indiquer que je suis né sous une heureuse étoile. Je fais mes classes au lycée Bonaparte. J'obtiens, chaque année, plusieurs prix au grand concours ; en rhétorique, le grand prix d'honneur m'est décerné. Je me présente à l'Ecole Polytechnique ; j'y suis reçu le troisième. J'entre deux années après à l'Ecole des Ponts et Chaussées, et j'en sors avec le diplôme d'ingénieur. Aussitôt on me confie la construction d'un tunnel sur une nouvelle ligne de chemin de fer ; la tâche est difficile, des obstacles sans nombre se présentent, j'en triomphe à ma plus grande gloire, et le ministre me nomme chevalier de la Légion d'Honneur. J'avais à peine vingt-cinq ans.

On me propose peu de temps après de partir pour l'Egypte et d'y diriger des travaux importants ; j'accepte, et en dix années ma fortune est faite. Je reviens alors en France avec l'intention de jouir de ma position, de me créer une vie plus agréable, de me marier peut-être. C'est ici que mon étoile commence seulement à pâlir. A peine ai-je manifesté mes projets de mariage que mes protecteurs, mes amis, et surtout leurs femmes me font mille offres de services. C'est à qui disposera de ma main. On m'accable d'invitations à dîner, de billets de bal, de concert. On m'entraîne à la campagne. On me met en présence de toutes les jeunes filles à marier de la création. Ces demoiselles daignent souvent me sourire et leurs mères les y encouragent.

En effet, je suis ce qu'on appelle un bon parti : jeune, décoré, riche et pas trop mal tourné. Il dépend de moi de choisir parmi les plus charmantes et les mieux dotées. Je n'ai qu'à me baisser pour en prendre, comme m'assure en riant Mme de F... , une de nos plus élégantes Parisiennes et ma protectrice la plus acharnée.

Le croiriez-vous, j'hésite à me baisser, je fais des manières, je dis : Celle-ci est laide, celle-là est belle à faire peur, cette autre me conviendrait, mais sa famille est trop nombreuse, j'aurais l'air d'un chef de tribu ; Mlle A... s'habille comme une dame du lac ; la belle Mlle B... a une voix qui rappelle le chant du paon. Bref, je prends plaisir à chercher la petite bête, et je lasserais la patience de Mme de Foy.

Cependant, on fait de nouvelles tentatives ; mes hésitations, mes résistances exaspèrent mes protectrices ; elles se jurent de triompher de mon mauvais vouloir. Ce ne sont plus des héritières isolées qu'on me présente ; ce sont des fournées d'héritières ; je n'ai plus qu'à choisir dans le tas. Devant mes yeux qui commencent à se troubler, défilent des visages pâles, des visages colorés, de petites tailles, de moyennes et de grandes tailles, des épaules rondes, des épaules pointues ; des cheveux de toutes les nuances, depuis le noir de jais jusqu'au châtain clair, depuis le blond cendré jusqu'au blond incandescent ; des lèvres minces et des lèvres sensuellement épaisses ou retroussées ; enfin, des nez de toutes les formes, et pour tous les goûts. C'est une procession qui n'en finit pas, une lanterne magique perpétuelle, un kaléidoscope vivant.

Eh bien ! Ce défilé m'agace, me porte sur les nerfs. J'en arrive à trouver laides les plus jolies, insupportables les plus charmantes, et, au lieu de choisir parmi ces créatures plus ou moins divines, je les donne à tous les diables.

« Ah ! vous êtes trop difficile, me dit-on. Faites vos affaires vous-même ; nous ne nous en mêlons plus. »

« C'est ce que je demande, enfin ! Maintenant, lorsque j'entrerai dans votre salon, madame, vous ne me direz plus :

« Regardez donc là, à gauche, sur la troisième banquette, elle est jolie, n'est-ce pas ? Cent cinquante mille francs et des espérances. Et là, près de la cheminée, cette blonde, de l'esprit comme un démon, et un père millionnaire. Et cette troisième, un ange, je l'ai vue naître, j'en répondrais comme de ma fille. Et cette autre… » Mais non, mais non, vous me donnez des torticolis, madame ; ma tête n'est pas une girouette. Je suis redevenu un monsieur comme tout le monde, j'ai le droit de causer dans un coin avec un ami, sans que vos yeux aient l'air de me dire : « Vous perdez votre temps, jeune homme, vous n'êtes pas ici pour vous amuser ; il s'agit de votre avenir. » Je puis me livrer aux douceurs d'un écarté, je suis libre de savourer une glace sans que vous me preniez par la main, pour me présenter à toute une smala de filles maigres qui viennent de déboucher dans les salons. Ah ! je respire, et s'il me reprend fantaisie de me marier, je vous jure bien, madame, de ne pas vous prévenir ; vous m'avez gâté le métier. »

Trois mois s'écoulèrent, trois mois pendant lesquels je jurais à qui voulait m'entendre que je mourrais garçon.

Ah ! si j'avais pu tenir mon serment ! Mais n'anticipons pas sur les événements qui vont suivre.

Assis sur un fauteuil en fil de fer, je fumais philosophiquement mon cigare aux Champs-Elysées, par une belle soirée de l'été 186… , lorsque trois personnes vinrent s'asseoir à deux pas de moi.

Je jetai nonchalamment un regard distrait sur mes voisins, et je n'eus pas de peine à reconnaître que j'étais en présence d'une honnête famille, composée d'un père à l'air respectable, d'une mère entre deux âges et d'une jeune fille de vingt à vingt-deux ans. Occupés seulement à regarder la foule qui défilait devant eux, ils n'avaient pas échangé un mot depuis qu'ils étaient assis, lorsque le père prit la parole pour dire à sa fille :

— Paule, je te conseille de changer de chaise, la tienne est mouillée.

— Non, elle est très sèche, répondit d'un ton bref celle qu'on appelait Paule.

— Tu as tort, tu tousseras ce soir, je t'en avertis.

— En bien ! je tousserai.

— Voyons, mon enfant, sois raisonnable, écoute-moi ; c'est pour ton bien que je parle.

La jeune fille, au lieu de répondre, se contenta de faire un imperceptible mouvement d'épaules. Le père allait sans doute insister de nouveau, lorsque sa femme lui dit :

— Elle n'en fera qu'à sa tête : renonce à la convaincre, tu y perdrais ta peine.

« Eh bien ! pensai-je, il paraît que la nommée Paule jouit d'un joli caractère. L'homme qui l'épousera sera un heureux mortel. Et dire qu'elle a peut-être fait partie autrefois du fameux défilé, qu'on me l'a présentée comme un modèle de toutes les perfections. Voyons si je la reconnaîtrai. »

J'avançai mon fauteuil, car la taille élevée du père me cachait en grande partie la fille.

Je restai ébloui.

Cependant, j'en avais vu de bien jolies, autrefois, du temps de la procession !

Celle-là surpassait les plus belles.

Ah ! mon pauvre ami, jamais je ne l'oublierai. J'ai beau me raisonner, j'ai beau lutter contre mes souvenirs, je l'évoque malgré moi et elle apparaît aussitôt.

Elle s'avance indolente et souple, voluptueuse dans ses moindres mouvements.

Malgré sa grande jeunesse, sa poitrine est amoureusement développée, et ses hanches, accusées comme celles d'une Espagnole, font ressortir davantage une taille élégante et fine. Ses pieds cambrés, nerveux, coquettement chaussés de bottines à talon, effleurent le sol. Elle s'approche et déjà tout mon être tressaille. D'âcres et de mystérieux parfums s'échappent d'elle, et m'enivrent. Avant qu'elle ait parlé j'ai déjà entendu sa voix vibrante, accentuée, presque masculine. Elle se penche vers moi, et je la contemple.

Que de volupté dans ses grands yeux noirs à moitié voilés par de longs cils et entourés d'un cercle bleuâtre ! Que de sensualité sur ses lèvres rouges, un peu épaisses, pour ainsi dire roulées sur elles-mêmes et recouvertes d'un irritant duvet !

III

Toutes les réflexions que je viens d'émettre sur la beauté de la jeune fille dont le hasard me rapprochait, je ne les fis pas alors. Je me contentai de trouver ma voisine remarquablement belle, et je ne pus m'empêcher de prendre un certain intérêt à ses moindres actions. Je dois déclarer, du reste, qu'elle ne parut pas s'apercevoir de l'attention soutenue dont elle était l'objet ; elle ne leva pas sur moi une seule fois les yeux, et ne se rendit coupable d'aucune de ces innocentes coquetteries que se permettent certaines jeunes filles, même des plus honnêtes.

Sa mère et son père causaient entre eux tandis que, sans les écouter, elle promenait un regard distrait et rêveur sur la foule. Son éclatante beauté attirait à chaque instant l'attention de quelques promeneurs, jeunes ou vieux ; on s'arrêtait, ou bien on se retournait pour la contempler. Elle semblait indifférente à cette admiration.

Une seule fois je la vis sortir de son insensibilité pour suivre des yeux une assez jolie femme blonde qui passait devant elle. La toilette excentrique de cette femme l'avait sans doute frappée, et elle se retourna pour la voir plus longtemps.

— Décidément, dit le père, agacé par le mutisme obstiné de sa fille, Paule ne se plaît pas avec nous.

— J'ai déjà fait cette remarque, répliqua tristement la mère, Paule ne peut se passer de la société de Mme de Blangy ; elle s'ennuie quand son amie n'est pas à ses côtés, et nous ne suffisons plus à la distraire.

Cette petite remontrance, toute maternelle, parut faire une certaine impression sur ma voisine. Elle daigna desserrer les lèvres.

— Il est naturel, dit-elle, que j'aie du plaisir à me trouver avec Mme de Blangy. Elle a été pendant six ans ma compagne au couvent, et elle est restée mon amie.

—Nous ne te reprochons pas cette amitié, dit le père, qui semblait vouloir conquérir les bonnes grâces de sa fille ; nous regrettons seulement qu'elle nuise à ton affection pour nous.

— Vous vous trompez, mon père, reprit Mlle Paule ; mon affection pour Mme de Blangy ne ressemble pas à celle que j'ai pour vous, et elle ne lui peut nuire en aucune façon.

— A la bonne heure. Allons, cause un peu avec nous. Pourquoi ton amie ne partage-t-elle pas ce soir notre promenade ?

— Elle avait du monde à dîner, mais elle m'a promis d'essayer de nous retrouver.

— Il est à craindre qu'elle ne nous aperçoive pas ; le jour commence à baisser, et la comtesse est un peu myope, si je ne me trompe.

— Oh ! si elle passe devant moi, je la reconnaîtrai, soyez tranquille, dit Paule.

Cette conversation dont je ne perdis pas un mot, car je m'étais peu à peu rapproché de mes voisins, excita d'autant plus ma curiosité que le nom de Mme de Blangy m'était connu.

J'avais, à plusieurs reprises, l'hiver précédent, rencontré cette dame chez Mme de F… , mon enragée marieuse, et sa beauté m'avait vivement frappé.

Je crois même que pendant plusieurs jours Mme de Blangy nuisit dans mon esprit aux jeunes filles à marier qui défilèrent devant moi ; dès qu'elle apparaissait, j'oubliais, au grand désespoir de Mme de F..., les contredanses demandées et promises, et rompant en visière à mes idées de mariage, j'allais causer dans un coin avec la nouvelle arrivée.

Aussi blonde que son amie Paule était brune, Berthe de Blangy avait un charme tout particulier : ses grands yeux bleus réfléchissaient à la fois l'ingénuité et la hardiesse ; sa voix avait une douceur infinie ; sa bouche d'une petitesse presque exceptionnelle, laissait entrevoir des dents charmantes pressées les unes contre les autres ; son menton gras et rond avec une petite fossette au milieu, aurait fait rêver un analyste. Les femmes elles-mêmes ne pouvaient s'empêcher d'admirer ses épaules d'un modelé parfait, et les hommes ne songeaient pas à se plaindre qu'elle fût décolletée jusqu'à la dernière limite.

Son esprit vif, prompt à la riposte, fertile en saillies de toutes sortes, étonnait et charmait. Toujours armée d'un pince-nez, elle s'avançait tout à coup sur vous et vous adressait de son grand air impérieux une question des plus hardies, bientôt suivie d'une remarque naïve dont aurait rougi une pensionnaire.

En un mot, c'était une femme on ne peut plus séduisante, et je fus un instant tellement séduit, que je ne craignis pas un jour de le lui avouer. Elle s'avança tout près de moi, me dévisagea à l'aide de son pince-nez et me dit :

— Vous perdez votre temps, cher monsieur ; j'ai eu un mari qui a suffi pour me faire prendre tous les hommes en grippe ; je n'éprouve pas le désir de le remplacer.

Au lieu de ces mots : j'ai eu un mari, elle aurait pu dire : j'ai un mari, car le comte de Blangy, assure-t-on, vit encore dans quelque coin de la France ou de l'étranger. Riche, titré, très considéré dans le monde, attaché au Ministère des Affaires Etrangères, où l'on vantait ses mérites, il s'était, deux années auparavant, trouvé tout à coup, dans un salon de la Chaussée-d'Antin, en présence de Berthe et de Paule, les deux amies de couvent, les deux inséparables, la brune et la blonde, comme on les appelait.

La beauté de ces deux jeunes filles le frappa ; il prit des renseignements sur elles, se fit présenter dans leurs familles, hésita quelque temps entre la brune et la blonde, se décida pour la blonde et l'épousa. Six mois s'écoulèrent pendant lesquels les amis de M. de Blangy remarquèrent une grande altération dans ses traits, un changement complet dans son caractère. Il était triste, taciturne, fuyait le monde et ne faisait plus que de courtes apparitions au cabinet du ministre. Il y vint une dernière fois pendant l'hiver de 186... pour demander un congé illimité, serrer la main de quelques-uns de ses collègues, et annoncer qu'il allait entreprendre un voyage de plusieurs années.

En effet, il partit trois jours après et on ne sut jamais de quel côté il s'était dirigé.

On fit dans le monde beaucoup de commentaires sur ce départ précipité et cette complète disparition, au bout de six mois de mariage. Quelques personnes voulurent expliquer la conduite du comte, en prétendant qu'il avait éprouvé de cruelles déceptions dans son ménage et qu'il s'éloignait tout simplement, sans récriminations, sans cris, en véritable gentilhomme, d'une femme indigne de lui. Mais ces propos ne reposant sur aucune preuve, aucun fait, aucune parole échappée à M. de Blangy, ne purent nuire longtemps à la considération dont jouissait la comtesse.

Du reste, si ses allures étaient excentriques, sa conduite ne donna jamais prise à la malveillance. Elle ne recevait aucun homme dans son intimité, et on ne la voyait sortir qu'en compagnie de son amie Paule.

Telle était la femme que mes voisins attendaient et qui ne tarda pas à se montrer au milieu des promeneurs.

Le premier, je la vis s'avancer, au bras d'un vieux monsieur qu'elle avait sans doute prié de l'accompagner, et qu'elle congédia dès qu'elle eut rejoint ses amis. Elle entra bruyamment dans le groupe formé par mes voisins, embrassa Paule sur les deux joues et s'assit à ses côtés, à quelque distance des grands parents.

J'aurais bien voulu surprendre une échappée de la conversation des deux jeunes femmes, mais elles parlèrent si bas que ma curiosité ne put être satisfaite.

Une demi-heure après, mes voisins se levèrent et descendirent les Champs-Elysées devenus presque déserts.

La comtesse ouvrit la marche en s'appuyant sur le bras de Mlle Paule. Le père et la mère les suivirent.

Après leur départ, je me levai á mon tour, je me dirigeai vers le rond-point, j'entrai au Cirque assister aux derniers exercices, et je regagnai mon logis de garçon.

Cette nuit-là, je dormis mal. Le souvenir de la belle Paule me poursuivit longtemps. Ses traits, si accentués, étaient déjà aussi profondément gravés dans mon esprit qu'ils le sont aujourd'hui. Sa voix vibrante et mâle résonnait à mes oreilles encore charmées. Je voyais ses grands yeux tour à tour hardis et langoureusement voilés. Je me répétai ses moindres paroles.

Son animation en parlant de Mme de Blangy, le plaisir qui avait éclaté dans son regard dès que la comtesse était apparue, m'avaient surtout frappé. Une jeune fille qui comprenait si bien l'amitié devait, selon moi, comprendre à ravir l'amour. Il devait y avoir dans son cœur des trésors de tendresse, des ardeurs encore contenues, mais toutes prêtes à s'épandre.

Ce que j'avais pu deviner de son caractère difficile, loin de me donner à réfléchir, me réjouissait aussi. En effet, toutes les jeunes filles que m'avait autrefois présentées Mme de F... étaient, suivant elle, des modèles de toutes les vertus, de véritables anges fourvoyés dans la vie. En contact perpétuel avec toutes ces perfections, j'en étais arrivé à demander à cor et à cri quelque bon défaut physique ou moral, voire même quelque petit vice agréable ;

cela m'aurait changé, mais on n'avait jamais voulu m'en fournir. Mme de F… s'entêtait à porter aux nues ses protégées et à leur mettre des ailes dans le dos ; il fallait bien lui céder. J'étais donc ravi d'avoir trouvé moi-même chez une jeune fille, sans doute à marier, l'imperfection rêvée et je m'endormis enfin, vers les cinq heures du matin, en me disant que si je n'avais pas juré de rester garçon, Mlle Paule me conviendrait sous beaucoup de rapports.

Le lendemain et les jours suivants, je ne pus m'empêcher de songer à chaque instant à ma jolie voisine ; j'allai même à deux ou trois reprises aux Champs-Elysées, dans l'espérance de la revoir ; elle ne s'y montra pas. En même temps, presque à mon insu, je revenais peu à peu à mes anciennes idées de mariage. Je m'avouais que je n'avais eu aucun motif sérieux pour les abandonner. Je trouvais mille raisons pour prendre ma vie de garçon en horreur : mon linge était mal blanchi, j'étais mal servi, mal nourri, mon valet de chambre me volait ; en un mot, ma maison avait besoin de l'intelligente direction d'une femme.

Ma longue solitude commençait aussi à me peser, et je reconnaissais que le moment était venu de me créer un intérieur et une famille.

Le travail qui se faisait dans mon esprit me décida, après une semaine de luttes et d'hésitation, à tenter certaine démarche indiquée par les circonstances : je me rendis un beau jour rue Caumartin, chez Mme de Blangy.

IV

La comtesse était seule dans son salon, lorsqu'on m'annonça vers les trois heures de l'après-midi.

Elle m'accueillit par ces mots :

— Tiens ! vous n'êtes donc pas mort, vous !

— Pas tout à fait, madame ; l'aviez-vous entendu dire ?

— Non, mais en ne vous voyant plus, on aurait pu se l'imaginer.

— Je vous croyais, comtesse, à la campagne à ce moment de l'année, c'est ce qui m'a empêché de…

— Si vous me croyiez à la campagne, dit-elle en m'interrompant, qu'est-ce qui vous a fait penser que j'en étais revenue ?

— J'ai eu le plaisir de vous apercevoir, ces jours passés, aux Champs-Elysées.

— Aux Champs-Elysées ! en effet, j'y suis allée la semaine dernière. Pourquoi n'êtes-vous pas venu me saluer ?

— Il faisait presque nuit ; vous ne m'auriez probablement pas reconnu.

— J'en suis bien capable, j'ai une si jolie vue !

— Puis, continuai-je, vous étiez assise auprès de plusieurs personnes pour qui je suis un étranger.

— Oui, la famille Giraud, je me rappelle ; nous sommes très liés.

— Je l'ai compris à l'impatience avec laquelle on vous attendait. La jeune fille surtout ; elle vous cherchait du regard depuis longtemps, dans la foule, lorsque vous êtes enfin arrivée.

Mme de Blangy prit son lorgnon pendu à son cou, le braqua sur moi, et répondit :

— Paule Giraud est mon amie intime.

— On ne peut pas mieux choisir ses amies, répliquai-je ; Mlle Giraud est délicieusement jolie.

— N'est-ce pas ? fit assez vivement la comtesse, comme si elle était heureuse d'entendre dire du bien de son amie.

Mais se ravisant tout à coup :

— Vous aimez donc les brunes, maintenant ? me demanda-t-elle.

— Mon Dieu ! comtesse, j'ai toujours aimé ce qui est beau.

— Je vous en fais mes compliments. Mais cet hiver, si j'ai bonne mémoire, vous étiez plus exclusif : vous sembliez ne croire qu'aux blondes.

— Que voulez-vous ? les blondes n'ont pas voulu croire en moi.

— Il faut qu'elles aient l'esprit bien mal fait. Etes-vous plus heureux auprès des brunes ?

—Je n'en ai jamais recontré qu'une seule qui me plût, et elle ne me connaît même pas.

— Vous n'en êtes peut-être que plus avancé, me répondit Mme de Blangy avec l'impertinence qui lui était habituelle. Et cette brune, ajouta-t-elle aussitôt, s'appelle sans doute Mlle Giraud ?

— Mais, comtesse...

— Voyons, ne jouez donc pas au plus fin avec moi. Est-ce que je n'ai pas déjà deviné le but de votre visite ? Vous restez six mois sans me donner signe d'existence, sans mettre une carte à ma porte. Et, tout à coup, vous tombez dans mon salon, à l'improviste sans crier gare, pour laisser échapper dès les premiers mots de notre conversation le nom de mon amie et faire son éloge. Vous me croyez donc bien niaise ! Allons, c'est entendu, vous avez entrevu Paule, vous la trouvez charmante, et comme vous êtes atteint de la monomanie du mariage, vous venez me demander des renseignements sur le compte de mon amie ; est-ce vrai ?

— C'est vrai.

— A la bonne heure, vous êtes franc au moins. Eh bien ! Paule vient d'entrer dans sa vingt-deuxième année ; elle est très jolie, vous le savez ; spirituelle, je vous l'apprends ; très absolue dans ses idées, je vous le dis parce que vous l'apprendriez sans moi, et sa famille ne peut lui donner aucune dot, je dois vous le déclarer.

— Ce dernier détail n'a aucune influence sur moi.

— En vérité, vous êtes effrayant.

— J'ai travaillé jusqu'à ce jour, continuai-je sans prendre garde à l'interruption, afin de pouvoir épouser la femme de mon choix, sans tenir aucun compte de sa fortune. Je ne m'occuperai que de ses qualités et de l'honorabilité de sa famille.

— Oh ! quant aux qualités de Paule, elle en a de charmantes à mes yeux, dit Mme de Blangy avec un sourire presque moqueur. Peut-être, cependant, ne seraient-elles pas appréciées de son mari ?

— Pourquoi cela, madame ?

— Les hommes sont si bizarres ! Mais continuons. L'honorabilité de la famille Giraud est des mieux établies : Mme Giraud est une excellente femme, bienveillante, indulgente, incapable de croire au mal, et d'une faiblesse exagérée avec sa fille. M. Giraud, chef de bureau dans une grande administration, part de chez lui à neuf heures du matin, revient à six heures pour dîner, et passe ses soirées au cercle lorsqu'il n'est pas obligé de retourner à son bureau. A la fin de chaque mois, il apporte régulièrement à ces dames les deux tiers de ses émoluments qui servent à faire marcher la maison, et ne s'occupe pas d'autre chose ; c'est un très honnête homme, qui ne voit pas plus loin que le bout de son nez.

— Il y a donc quelque chose à voir ? demandai-je.

— Je ne dis pas cela ; je me suis simplement servie d'une phrase vulgaire, mais usitée, qui peint assez bien, suivant moi, le caractère de M. Giraud. Vous voilà fixé sur toute la famille ; vous faut-il d'autres renseignements ? Demandez, je suis bonne femme aujourd'hui ; le temps est à la pluie, je n'ai pas de nerfs, je crois à l'amitié, je vous rendrais presque un service, et tenez, je vais vous le rendre sous la forme d'un bon conseil.

— Volontiers.

— Retournez au plus vite chez Mme de F… où je vous ai rencontré l'année dernière, dites-lui : « Madame, vous devez avoir un nouvel assortiment de jeunes filles à marier. Soyez assez bonne pour les faire défiler devant moi, je vous jure cette fois de me décider. »

— En d'autres termes, comtesse, fis-je observer, vous me conseillez de ne pas songer à Mlle Paule.

— Je vous conseille simplement de retourner chez Mme de F...

— Parce que Mlle Giraud ne fait pas partie de son assortiment.

— Comme vous voudrez. Voilà le conseil donné, le suivrez-vous ?

— Je désirerais auparavant savoir s'il est bien désintéressé.

— Monsieur ! Vous dites...

— Oui, dans le conseil que vous venez de me donner avec une bienveillance dont je vous remercie, n'entre-t-il pas un peu d'égoïsme ?

— Qu'entendez-vous par là ? s'écria vivement Mme de Blangy.

— Mon Dieu ! répliquai-je, comtesse, le sentiment que j'ose vous prêter serait très naturel. Lorsqu'on a une amie intime, on regrette toujours de la voir se marier ; elle ne vous appartient plus comme par le passé ; on perd souvent l'influence qu'on avait sur elle, et son cœur peut vous échapper.

— Oh ! je ne doute pas de Paule ; elle continuera à m'aimer.

— Elle aura raison, madame, répliquai-je, et cela prouve en sa faveur.

— Alors, reprit-elle, tout ce que je vous dis depuis une heure, loin de vous décider à renoncer à vos projets, ne fait que les fortifier ?

— J'avoue que… balbutiai-je.

— Je suis bonne femme ; contre toutes mes habitudes, je vous donne un excellent conseil, et, au lieu de le suivre, vous cherchez les motifs intéressés qui ont pu me le dicter.

— Mais…

— Vous m'avez rendu mes nerfs, cher monsieur ; il est bien juste que je les fasse passer sur vous. Et d'abord, voulez-vous me permettre de vous regarder ? Grâce à ma myopie, je crois que je ne vous connais pas beaucoup. Vous m'avez autrefois fait la cour, mais je vous avouerai que je vous ai évincé de confiance, par parti pris, ce qui ne peut être blessant pour vous. Aujourd'hui, il s'agit du bonheur de mon amie, je n'ai plus le droit de me montrer aussi indifférente.

Et sans se préoccuper de mon consentement, la comtesse s'arma de son lorgnon, s'approcha de moi et passa l'inspection de mon visage.

— Les traits sont fins, distingués, dit-elle au bout d'un instant ; vous êtes ce qu'on est convenu d'appeler un joli garçon.

Comme je croyais devoir m'incliner en riant pour la remercier, elle continua en ces termes :

— Après avoir rendu suffisamment justice à vos perfections physiques, je dois ajouter que vous êtes de ces hommes mis au monde pour être aimés bien tranquillement, bien sagement, par une bonne petite femme, mais qui doivent renoncer à inspirer une véritable passion. Les femmes ne s'éprennent violemment que d'hommes d'une laideur notoire ou d'une beauté accentuée et énergique. Mirabeau ou Danton, tels sont les types préférés. Vous ne ressemblez ni à l'un ni à l'autre, et vous ne devez prétendre qu'à de jolies petites affections. Sous ce rapport, vous êtes le mari qui convient à mon amie Paule.

— Comment l'entendez-vous ? demandai-je.

— Je l'entends à ma manière. Veuillez l'entendre à la vôtre.

— Vous voulez sans doute dire, insistai-je, qu'entre mari et femme il n'est pas nécessaire de s'aimer follement.

— Je ne veux rien dire. Reprenons l'examen ; il s'agit maintenant du moral. Me promettez-vous de me répondre franchement ? Songez qu'il s'agit de l'avenir de mon amie et du vôtre.

— Je promets de dire la vérité et rien que la vérité.

— Etiez-vous un bon élève au collége ?

— Excellent ; j'ai toujours remporté tous les prix de ma classe.

— Vous faisiez partie alors de ce qu'on appelle les piocheurs ?

— Mon Dieu ! oui, madame, je l'avoue.

— Et vos classes terminées, vous avez sans doute mené à Paris la vie de garçon ?

— Je n'en ai pas eu le temps, madame ; je suis tout de suite entré à l'Ecole Polytechnique.

— Très bien ! mais lorsque vous en êtes sorti ?

— J'ai passé à l'Ecole des Ponts et Chaussées.

— De mieux en mieux. Et après ?

— Je suis resté deux ans en province à construire un tunnel.

— C'était très sage. Et le tunnel construit ?

— Je suis parti pour l'Egypte, où j'ai vécu dix ans, occupé à creuser des canaux et à tracer des chemins de fer.

— Alors, votre existence a été celle d'un anachorète.

— A peu près, madame.

— Gardez-vous d'en rougir. Les anachorètes ont du bon.

Le sourire moqueur qui, depuis un instant, se dessinait sur les lèvres de la comtesse disparut ; elle devint sérieuse et me dit :

— De l'examen de conscience que je vous ai fait subir, mon cher monsieur, et auquel vous vous êtes prêté de si bonne grâce, je tire les conclusions suivantes, comme dit mon avoué : Vous êtes un bon jeune homme, un honnête garçon et vous méritez d'être heureux. Je vous renouvelle donc, et cette fois du fond du cœur, le conseil de retourner chez madame de F… , de lui tenir le petit discours dont nous avons parlé, et de vous marier le plus vite possible à la moins maigre de ses protégées. Si maintenant il vous arrivait de ne pas m'écouter, et de persister dans les projets qui vous ont amené ici, alors je m'en laverais les mains, et il est probable que je conseillerais à Paule de vous épouser ; car étant donnée pour elle la nécessité de se marier un jour ou l'autre, vous êtes après tout le mari qui lui convient le mieux. Sur ce, j'ai dit. Au revoir et bonne chance ; votre destinée est entre vos mains.

V

Telle fut ma conversation avec Mme de Blangy. J'ai essayé d'en faire comprendre toutes les nuances, j'en ai rapporté tous les détails. Malheureusement ils ne me frappèrent pas alors comme ils m'ont frappé depuis. Je n'attachais pas à ses conseils, donnés dans un moment de mansuétude dont j'aurais dû lui savoir gré, l'importance qu'ils avaient vraiment ; je persistai à les croire intéressés et à me dire que la comtesse, jalouse de l'affection de Mlle Giraud, voulait, dans son égoïsme, retarder le plus possible le mariage de son amie.

Cependant j'aurais sans doute renoncé à mes projets et oublié ma jolie voisine des Champs-Elysées, si le hasard n'avait pris plaisir à me mettre de nouveau sur son chemin.

Une semaine environ après ma visite chez Mme de Blangy, j'apeçus un soir Mlle Giraud à l'Opéra, dans une loge, en compagnie de sa mère et d'un monsieur d'une cinquantaine d'années que je reconnus pour un vieil ami de ma famille.

L'incomparable beauté de l'amie de la comtesse m'apparut cette fois sous un jour nouveau : les lumières donnaient à son teint un éclat merveilleux, ses grands yeux noirs étincelaient ; à travers ses lèvres empourprées apparaissaient des dents éblouissantes de blancheur, et son corsage à demi décolleté laissait entrevoir des épaules charmantes. Placé dans un coin de l'orchestre, bercé par la musique de *Lucie*, je ne cessai d'admirer toutes ces perfections.

Cette soirée décida de ma destinée.

Entre nous soit dit, mon cher ami, je méritais un peu cette épithète d'anachorète que m'avait décernée Mme de Blangy. Mon existence, des plus occupées de dix-huit à vingt-cinq ans, m'avait éloigné des plaisirs parisiens, et en Egypte, vous le savez, les bonne fortunes sont rares.

J'avais donc soif de goûter à certaines coupes, de vivre après avoir végété, de ressentir des émotions violentes, et Mlle Giraud me semblait apte à me les procurer.

Enfin, vous l'avez déjà compris, j'étais et je suis peut-être encore ce qu'on appelle un naïf. Ce n'est pas impunément qu'on a des prix au grand concours, le prix d'honneur de rhétorique, et qu'on sort le troisième de l'Ecole Polytechnique.

De tels succès doivent se payer tôt ou tard. Les qualités intellectuelles trop surmenées étouffent, parfois, l'imagination, et il en faut un peu pour aller au-devant de certains malheurs, et prévoir tous les périls. En un mot, restez honnête tant que vous voudrez, mais soyez au courant de toutes les défectuosités humaines, afin de les avoir toujours présentes devant les yeux et de vous en méfier. Ayez physiquement le respect de vous-même, mais ne craignez pas de laisser votre imagination s'égarer, lorsqu'il s'agit de juger les autres. Je n'avais pas assez réfléchi à ces excellents préceptes, et Mme de Blangy m'avait bien deviné, lorsqu'en me donnant congé elle prononça ces mots : « Après tout, vous êtes bien le mari qui convient à Paule. »

Je vous ai dit qu'un vieil ami de ma famille accompagnait Mme et Mlle Giraud le jour où je les rencontrai à l'Opéra.

Je m'empressai de le rejoindre au foyer pendant un entr'acte et de lui parler de celle qui commençait déjà à avoir un si grande empire sur moi.

Je tombais mal, car il ne tarit pas en éloges sur le compte de Mlle Paule, qu'il avait vue naître et grandir. Elle était, suivant lui, charmante, adorable ; elle avait toutes les perfections ; bien heureux celui qui l'épouserait ; elle ferait une femme accomplie.

M. d'Arnoux, tel était le nom de cet enthousiaste, croyait de bonne foi, j'en suis persuadé, tout ce qu'il me disait. Il était, du reste, l'écho de l'opinion publique. Grâce à nos mœurs, on est obligé de juger les jeunes filles sur les apparences, et elles sont, d'ordinaire, favorables. Une seule personne, et encore, peut éclairer sur leur compte : c'est leur amie intime. J'avais été assez heureux pour connaître celle de Mlle Giraud ; elle avait bien voulu me donner d'excellents conseils, et je ne les suivais pas. Je méritais mon sort.

M. d'Arnoux ne tarda pas à s'apercevoir de l'attention que je prêtais à ses discours, il en devina la cause, m'interrogea sur mes projets d'avenir, et comme il avait peut-être pour moi autant d'indulgence que pour Mlle Paule, il voulut bien me proposer de me présenter à sa famille. Je commis l'imprudence d'accepter. « Je veux juger par moi-même, me disais-je, savoir qui a raison, de M. d'Arnoux, un homme respectable, presque un vieillard, ou de Mme de Blangy, une écervelée. Si Mlle Giraud me paraît avoir des défauts dangereux pour mon repos, il sera toujours temps de renoncer à mes projets. »

Raisonnement des plus absurdes : l'homme épris, comme je commençais à l'être, n'aperçoit aucun défaut ; si, par impossible, ils lui sautent aux yeux, il les pallie, et s'il n'y a pas moyen de les pallier, il… en fait des vertus.

Trois jours après ma recontre à l'Opéra, je faisais mon entrée dans l'appartement occupé par la famille Giraud, dans la même rue que Mme de Blangy.

Je passerai sous silence les détails de cette première visite et de celles qui suivirent. M. Giraud m'accueillit dès les premiers jours avec une grande cordialité. Ses manières franches et ouvertes semblaient dire : Avant de vous recevoir dans ma maison, j'ai pris des renseignements sur votre compte et ils sont excellents. Je suis ravi que vous songiez à ma fille, tâchez de lui plaire, et je donne à votre union avec elle mon consentement le plus empressé. Mme Giraud se montra d'abord plus réservée. Peut-être ne partageait-elle pas les espérances que son mari fondait sur moi ; ou bien, en rapports continuels avec Paule, avait-elle eu à souffrir de son caractère, et craignait-elle qu'il ne fît sur mon esprit une fâcheuse impression.

Peu à peu, cependant, lorsqu'elle vit que je m'éprenais tous les jours plus sérieusement de sa fille, et que les défauts de celle-ci ne semblaient pas m'effrayer, la glace se fondit, et cette honnête femme me prit en véritable affection.

Quant à Paule, je ne pourrais jamais l'accuser de s'être montrée coquette envers moi, et de m'avoir conduit au mariage par une pente douce. Elle me témoigna dès la première visite une indifférence dont elle ne se départit jamais tout le temps que je lui fis la cour. Mais, sans passer pour trop innocent, je pouvais me tromper sur la nature du sentiment que j'inspirais. Ce qu'on est tenté d'appeler de la froideur chez une jeune fille n'est souvent que de la réserve et de la timidité. On se réjouit de ce qui pourrait effrayer, et les moins infatués de leur personne se promettent, après le mariage, de jouer avec leurs femmes le rôle de Pygmalion avec Galatée. Un tel rôle devait paraître séduisant avec la personne que j'ai essayé de vous peindre, et tout semblait indiquer qu'il suffirait d'un souffle pour animer cette admirable statue.

Bref, six semaines après ma présentation dans la famille Giraud, M. d'Arnoux se chargea de demander officiellement pour moi la main de Mlle Paule.

Le père ne put cacher sa joie, la mère m'embrassa en pleurant, et la fille, consultée, répondit qu'elle ferait ce que désirerait sa famille.

Quant à Mme de Blangy, que j'avais rencontrée presque chaque jour chez les Giraud, mais qui n'avait jamais fait aucune allusion à notre long entretien, elle profita d'un moment où nous nous trouvâmes seuls, le soir de la demande en mariage, pour me dire :

— Décidément, cher monsieur, vous êtes un imbécile !

Loin de me fâcher de cette impertinente boutade, je m'empressai d'en rire, car je traduisis ainsi les paroles de la comtesse : J'enrage de vous voir épouser mon amie, elle va m'échapper, et je ne saurai que faire de mon temps et de mon affection.

Accepté officiellement, il ne s'agissait plus que d'attendre les quelques jours nécessaires aux formalités légales.

Vous rendez-vous compte, mon cher ami, de la situation où je me trouve ? Je ne prétends pas qu'elle soit bien triste, et je ne vous demande pas de vous attendrir sur mon sort ; mais, en historien fidèle, je dois vous faire part de mes petites tribulations.

Les derniers jours qui précèdent un mariage mettent le système nerveux dans une véritable surexcitation. On a tant de tracas, il faut s'occuper de tant de choses !

Un ami vous éveille pour vous adresser ses compliments de… condoléance ; une ancienne maîtresse vous envoie quatre pages d'épigrammes, elle feint de confondre votre mariage avec votre enterrement, et elle se propose, quoiqu'elle n'y soit pas conviée, d'assister à cette triste cérémonie. Les Villes de France se recommandent à vous pour la corbeille de mariage ; un marchand de cachemires vient à domicile vous offrir ses produits exotiques. Les dames de la halle vous apportent un bouquet, et le directeur d'un bureau de nourrices, oui, mon cher ami, d'un bureau de nourrices, ne craint pas de vous écrire pour vous prier de songer à lui lorsque le moment sera venu.

On doit aussi presser le tapissier qui n'a pas encore livré les meubles de la chambre nuptiale, faire des visites indispensables, commander le bouquet quotidien, les voitures obligées, passer chez le tailleur, à la mairie, prier M. le curé de vouloir bien dire lui-même la messe, et lui demander un de ces petits discours qui prouvent aux assistants qu'on jouit d'une certaine considération auprès du clergé de sa paroisse. Enfin, il faut aussi songer à se confesser, et c'est, je vous assure, une grosse affaire, quand on n'en a pas l'habitude.

Enfin, lorsqu'on est véritablement épris de sa femme, et qu'on voit approcher le jour si impatiemment attendu, le sang court plus rapide, le cœur bat plus vite et on n'est pas sans avoir, par moment, un petit frisson de fièvre. Quant à ce grand jour, ce n'est pas lui qui vous apporte le calme et l'apaisement. Généralement on a mal dormi parce qu'on a dû penser à une infinité de choses, se lever à la pointe du jour, s'occuper de détails importants, s'exaspérer d'être obligé de se mettre en toilette à l'heure où le Paris élégant est encore dans son lit. On peste contre son cocher en retard, on court chez sa belle-mère qui se croit obligée de faire un peu d'attendrissement, le beau-père vous prend au collet pour vous dire : « Rendez-la heureuse. »

On arrive à l'église lorsque les invités s'impatientent depuis une heure, on se croise avec un enterrement qui sort de la nef ; devant l'autel, on entasse maladresses sur maladresses ; on s'assied lorsqu'il faut se lever, on se lève lorsqu'il faut s'asseoir ; on répond au curé des oui pour des non et vice versa ; on laisse tomber l'anneau nuptial ; on désigne, pour tenir le poêle, un ami qui vous envoie à tous les diables. Après la messe, trois cents personnes se précipitent dans une sacristie où le clergé de la paroisse, composé d'une douzaine de personnes, est à l'étroit en temps ordinaire. On est bousculé, serré, pressé, le sang vous monte à la tête, on se sent affreux, lorsqu'on avait une si jolie occasion d'être joli garçon. Enfin, vous sortez de ce petit enfer pour être assailli par une foule de mendiants qui vous couvrent de bénédictions à cinquante centimes pièce.

La journée se termine par quelque petite fête de famille à laquelle il est impossible de se soustraire, à moins qu'on n'ait eu l'esprit d'enlever sa femme en sortant de l'église. Mais ces enlèvements-là, devenus à la mode dans ces derniers temps, ne sont pas toujours faciles. Mille raisons peuvent s'y opposer. La soirée se passe donc au milieu d'une famille nouvelle, accourue des quatre points cardinaux de Paris et parfois de la France, pour vous faire honneur. Il faut sourire à chacun, essuyer des bordées de compliments, serrer toutes les mains, embrasser les visages les plus ridés.

On appartient à tout le monde excepté à sa femme. Enfin, l'heure du berger sonne ; on oublie les tribulations, les ennuis qu'on vient d'éprouver, la fatigue qui vous accable, car le bonheur vous attend à votre nouveau logis ; on y court, on s'élance vers la chambre nuptiale… Hélas ! elle reste obstinément fermée.

VI

« Eh bien ! » me direz-vous, « après une journée si remplie, je ne saurais vous plaindre d'avoir à vous recueillir un peu. Vous êtes jeune, votre femme l'est aussi ; vous êtes mariés pour la vie et vous retrouverez facilement la nuit dont on vous prive. Allez, sans récriminer davantage, vous coucher de votre côté ; c'est ce que vous avez de plus sage à faire. »

Vous en parlez à votre aise ; me coucher de mon côté, dites-vous ? Et de quel côté, je vous prie ? Croyez-vous que dans mon nouvel appartement, je dispose de plusieurs chambres et de plusieurs lits ? Non, mon cher. Après avoir mûrement réfléchi à la question et lu attentivement la théorie du lit dans la *Physiologie du mariage*, j'en étais arrivé à partager entièrement les idées de Balzac. Je m'étais même, pour ainsi dire, imprégné de plusieurs pensées du grand docteur ès arts et sciences conjugales, comme il s'intitule. Permettez-moi de vous citer celles qui me sont encore présentes à l'esprit :

« Le lit nuptial est un moyen de défense pour le mari.

« C'est au lit seulement qu'il peut savoir chaque nuit si l'amour de sa femme croît ou décroît. Là est le baromètre conjugal.

« Il n'existe pas en Europe cent maris par nation qui possèdent assez bien la science du mariage, ou de la vie, si l'on veut, pour pouvoir habiter un appartement séparé de celui de leur femme.

« Tous les hommes ne sont pas assez puissants pour entreprendre d'habiter un appartement séparé de celui de leur femme, tandis que tous les hommes peuvent se tirer, tant bien que mal, des difficultés qui existent à ne faire qu'un seul lit. »

Je m'étais rangé à l'opinion si nettement formulée par un des plus grands génies de notre époque, et le seul lit de mon nouvel appartement se trouvant occupé par Paule, je dus me résigner à m'étendre tant bien que mal et tout habillé sur le canapé de mon salon.

Je ne vous surprendrai pas, je crois, mon ami, si je vous déclare que je dormis on ne peut pas plus mal, malgré mes fatigues de la journée. D'abord, à plusieurs reprises, je me levai, si on peut appeler cela se lever, en me disant que ma femme s'était peut-être départie de sa rigueur, et que le verrou était tiré. Soin superflu, peine inutile ! La porte était toujours hermétiquement fermée. Après chacune de mes infructueuses tentatives, je m'étendais de nouveau sur mon meuble, et le sommeil ne venait pas. Ce n'est pas que j'exagérais la situation, mais je ne pouvais m'empêcher de chercher les causes de la conduite, au moins orginale, de ma chère Paule.

« Le verrou mal posé, me disais-je, se serait-il fermé de lui-même lorsqu'on a repoussé la porte ? Mais non, quand j'ai frappé, on aurait répondu.

« Fatiguée, souffrante, elle a sans doute désiré rester seule cette première nuit ! Elle a donc bien peu de confiance dans la délicatesse de mes sentiments ; je l'aurais comprise à demi-mot, je me serais retiré ; seulement, je lui aurais peut-être demandé un matelas. Elle en a trois, tandis que moi… »

Vous voyez d'ici tous les commentaires que j'ai pu faire pendant ma longue veillée ; vous me saurez gré de vous les taire.

Vers les huit heures du matin, lorsque j'entendis les domestiques se remuer dans la maison, je m'empressai de quitter mon canapé virginal, où je n'aurais pas été flatté d'être surpris en tête-à-tête avec moi-même, et je passai dans le cabinet de toilette afin de me faire une physionomie présentable.

Un instant après, je sonnai la femme de chambre ; affectant de sortir de l'alcôve nuptiale et de lui parler au nom de sa maîtresse, je lui donnai quelques ordres.

Le déjeuner me mit en présence de Mlle Giraud. (Vous ne vous étonnerez pas si je lui donne encore son nom de demoiselle.) Elle s'avança vers moi sans témoigner ni empressement ni froideur, et me tendit la main comme on la tend à un camarade qu'on a du plaisir à revoir.

Sa toilette du matin lui allait à ravir ; je ne l'avais jamais vue plus fraîche, plus charmante, plus reposée. On le serait à moins.

Elle causa avec esprit, avec gaieté, comme une femme qui semble décidée à égayer la maison où elle vient d'entrer, à y apporter le sourire et la joie. On n'aurait jamais dit une nouvelle mariée, tant elle était à l'aise, donnant avec douceur des ordres aux domestiques, faisant des recommandations sensées, prenant déjà les rênes de la maison, mais sans morgue, sans roideur, avec une grâce souveraine. Je l'écoutais, je la regardais en silence et j'étais vraiment ravi.

J'avais trop de tact pour faire allusion à la façon singulière dont j'avais passé la nuit. Je me contentai de dire en souriant :

— Vous étiez sans doute bien fatiguée hier soir, ma chère Paule ?

— Oh ! très fatiguée, me dit-elle, mais j'ai admirablement dormi et me voilà reposée.

Ces quelques mots semblaient renfermer une explication et une promesse ; ils me satisfirent pleinement et achevèrent de me rendre toute ma bonne humeur.

Vers les trois heures de l'après-midi, Mme de Blangy se fit annoncer. Elle entra impétueusement, suivant son habitude, embrassa Paule et me tendit la main.

— Vous le voyez, me dit-elle, je ne puis pas me passer de mon amie ; il faut que vous preniez votre parti de me voir.

— C'est un parti facile à prendre, répondis-je en m'inclinant.

— Oh ! ajouta la comtesse, malgré votre amabilité, je ne me fais pas d'illusion. Je vous gênerai quelquefois un peu ; mais je suis décidée à n'avoir pas l'air de m'en apercevoir, et j'arrive indiscrètement dès le premier jour, contre toutes les règles du savoir-vivre, afin de vous habituer le plus vite possible à mon sans-gêne et à mes impétueuses visites.

— Vous serez toujours la bienvenue, comtesse.

— A la bonne heure ; ce que vous dites là est très spirituel : un mari a toujours grand intérêt à ménager l'amie intime de sa femme. N'est-ce pas vrai ?

— Mettons de côté l'intérêt, madame, et ne parlons que du plaisir.

— C'est du dernier galant, et vous grandissez à vue d'œil dans mon esprit. Prenez garde, vous allez atteindre des proportions gigantesques. A propos, êtes-vous jaloux ?

— Je n'en sais trop rien. Cela dépend.

— Seriez-vous jaloux, par exemple, de voir Paule me dire ses petits secrets de femme comme elle me disait ses secrets de jeune fille ?

— Je ne me suis pas beaucoup interrogé à ce sujet, comtesse.

— Eh bien ! voici une occasion de vous interroger. Je passe avec votre femme dans sa chambre, nous fermons la porte, et je vous préviens que nous parlerons de vous tout le temps. Si vous résistez à cette première épreuve, c'est qu'il y a de l'étoffe chez vous.

— Voyons si j'ai de l'étoffe, répliquai-je.

Comme si elle n'avait attendu que cette permission, Mme de Blangy prit gaiement Paule par la taille, et les deux jeunes femmes se sauvèrent en riant.

Loin d'en vouloir à la comtesse de m'enlever Paule, je me réjouissais presque du tête-à-tête auquel j'avais consenti. Une femme mariée peut être, à l'occasion, de bon conseil pour une jeune fille, et il m'était arrivé, durant mon insomnie de la nuit précédente, de me demander si Paule n'avait pas besoin de quelques avertissements. Enfin, vous avouerai-je ce détail des plus prosaïques : j'étais brisé de fatigue et ravi d'avoir l'occasion de fermer un instant les yeux.

Lorsqu'une heure après je les rouvris, les deux amies, rentrées dans le salon, causaient devant la cheminée. Elles ne s'aperçurent pas de mon réveil et je pus les examiner à loisir.

Le contraste que présentait leur beauté était vraiment séduisant : elles se faisaient valoir l'une par l'autre et se complétaient pour ainsi dire. Auprès des cheveux blonds et des yeux bleus de Mme de Blangy, les cheveux et les yeux noirs de Paule avaient plus d'éclat ; le léger embonpoint de la première rendait la taille de la seconde plus délicate et plus fine. Elles avaient, à elles deux, tous les charmes et atteignaient à la perfection la plus complète.

Je crois, du reste, qu'elles ne furent jamais plus jolies qu'en ce moment. Leur physionomie respirait le bonheur, et leur teint animé, sans doute par la flamme du foyer, avait plus d'éclat que lorsqu'une heure auparavant elles avaient quitté le salon pour échanger leurs confidences dans la chambre à coucher.

A un mouvement que je fis, Mme de Blangy se retourna, et me dit :

— Avez-vous bien dormi au moins ?

— Mais... répondis-je, un peu confus.

— Allons, avouez-le, nous ne vous en voulons pas, au contraire. Nous avons pu causer à notre aise, ajouta-t-elle, en souriant et en regardant Paule à la dérobée. Maintenant, je vous laisse ensemble ; je ne veux pas qu'on me maudisse davantage. Mais à bientôt.

Personne ne vint troubler le soir mon tête-à-tête avec Paule. Elle fut aussi charmante qu'elle l'avait été le matin, au déjeuner. Elle causa de mille choses, elle effleura plusieurs questions avec un esprit, une justesse de vues, souvent même une profondeur qui me causèrent un véritable étonnement.

J'avais cru épouser une toute jeune fille qu'il faudrait déniaiser, et j'étais en présence d'une femme déjà faite, spirituelle, mordante, prompte à la réplique, avec une pointe de philosophie et peut-être de licence dans l'imagination.

— Mais, ma chère amie, demandai-je, où avez-vous appris tout cela ?

— Je n'ai rien appris, me dit-elle en souriant. J'ai tout deviné.

— Il faut que vous ayez bien de l'imagination.

— Oh ! oui, j'en ai beaucoup ; trop même, pour mon malheur et peut-être pour le vôtre.

— L'imagination, lorsqu'elle est bien dirigée, n'est pas un mal.

— Oui, mais il faut qu'elle soit bien dirigée, ajouta Paule en soupirant.

— Comment, repris-je, ne me dévoilez-vous qu'aujourd'hui toutes vos délicieuses qualités ?

— Parce que, me dit-elle, je ne suis pas coquette. Je vous avais conseillé de ne pas m'épouser, et je ne devais pas me faire valoir. Vous ne m'aviez pas écoutée, vous avez affronté le danger, le malheur est irrémédiable et j'essaye de me dévoiler, comme vous dites, afin de me rendre agréable au moins… spirituellement.

Je ne remarquai pas alors ce dernier mot, qui fut prononcé très finement et avec intention. Toute cette conversation, du reste, aurait dû me donner à réfléchir ; mais réfléchissez donc à dix heures du soir, le lendemain de votre mariage, auprès d'une femme aussi belle que l'était Paule, et lorsque ce mariage n'est pas encore consommé !

Bientôt même je ne prêtai plus grande attention à ce qu'elle disait ; je ne songeais qu'à la regarder, à l'admirer, et perdant tout à coup la tête, je la pris dans mes bras.

Elle se dégagea doucement, avec calme, sourit de son plus joli sourire, sonna sa femme de chambre et quitta le salon.

Lorsqu'un quart d'heure après, je vis sortir la femme de chambre, je me dirigeai, à mon tour, vers la bienheureuse porte que je n'avais pas franchie la veille.

Certain d'être attendu, je ne frappai même pas, je me contentai de tourner le bouton.

VII

La porte ne s'ouvrit pas.

Comme la veille, le verrou avait été poussé.

Alors je frappai.

On ne me répondit pas.

Je frappai avec plus d'impatience.

Même résultat.

Je parlai, j'appelai, je priai.

Tout fut inutile.

Me voyez-vous d'ici, mon cher ami, demandant comme une grâce qu'on voulût bien me permettre d'entrer dans ma chambre ? Car c'était ma chambre, je n'en n'avais pas d'autre, et indépendamment de mon amour, il était bien juste que je prétendisse me reposer enfin dans un véritable lit.

Mes nerfs étaient tellement surexcités que je fus sur le point de sortir de mon caractère, d'ordinaire calme et paisible, et de frapper à la porte avec tant de violence que, de guerre lasse, il aurait bien fallu m'ouvrir.

La peur du ridicule m'arrêta ; je ne voulus pas mettre mes gens dans la confidence de mon infortune conjugale. Je me contentai de m'appuyer silencieusement, de tout mon poids, contre la porte, dans l'espérance qu'elle céderait à mes efforts.

Peine inutile ; je n'entendis même pas le plus léger craquement ; la charpente de mon appartement était excellente, et je n'avais que trop à me louer de mon propriétaire.

Qu'ajouterai-je ? Cette seconde nuit se passa aussi agréablement que la première. Seulement, comme j'étais brisé de fatigue, je parvins à dormir, tant bien que mal.

Je me trouvai à mon réveil plus calme que je ne pouvais l'espérer, moins mécontent de ma femme, plus disposé à l'excuser. Après avoir réfléchi le plus froidement possible à nos conversations de la veille, et malgré certains détails qui m'avaient frappé, je crus pouvoir tirer cette conclusion, que Paule, loin d'être une ingénue ignorante de ses devoirs, avait au contraire sur le mariage les idées les plus arrêtées : elle pensait sans doute qu'un mari pouvait se donner la peine de mériter sa femme, et qu'il était délicat à lui de paraître oublier ses droits. Dans l'intérêt de notre amour, elle voulait se faire désirer et m'appartenir comme amante, avant de devenir ma femme. Elle trouvait, en un mot, qu'il y avait quelque chose d'injuste et d'illogique à exiger qu'à jour fixe, en sortant de la mairie, une jeune fille se jetât dans les bras d'un homme qu'elle connaissait à peine, et elle avait résolu de se soustraire à cette coutume barbare.

Voilà, mon cher ami, les raisonnements que je me faisais pour expliquer la conduite de Paule ; seulement je me disais qu'elle aurait dû me laisser deviner sa manière de voir, j'aurais disposé de toute autre façon notre appartement et fait l'acquisition d'un second lit, en vue de mon célibat prolongé. Peut-être aussi ne se rendait-elle pas parfaitement compte de la façon dont je passais mes nuits, et était-il prudent de lui donner une légère idée de ce canapé de salon, fort étroit et peu rembourré, devenu depuis deux jours ma couche nuptiale, ou anti-nuptiale.

— Cette vue la touchera, me disais-je, et lui inspirera probablement la bonne pensée d'abréger mon surnumérariat.

Après le déjeuner, qui nous réunit encore, et où nous nous montrâmes tous les deux, comme la veille, d'une humeur charmante, je lui offirs mon bras et je lui proposai une petite promenade dans ses domaines. Elle accepta de la meilleure grâce du monde, et nous passâmes dans le cabinet de toilette, ou j'essayai de lui faire remarquer qu'il n'y avait que des chaises.

Elle me répondit tout simplement, en bonne ménagère, en femme économe : « Cet ameublement suffit pour le moment. »

Quittant le cabinet de toilette, nous nous rendîmes dans un petit boudoir d'été attenant au salon. Là, je désignai un de ces divans circulaires à dossiers capitonnés qu'on place au milieu d'une pièce, et sur lesquels plusieurs personnes peuvent s'asseoir en se tournant le dos, et je dis : « C'est joli, c'est à la mode, mais on dormirait assez mal là-dessus. »

— Oui, me répondit-elle, avec un fin sourire, il faudrait se coucher en rond, ce serait gênant.

Alors, je la fis entrer dans le cabinet de travail que je m'étais réservé, et reprenant la conversation où nous venions de la laisser :

— Ici, lui dis-je, il ne serait même pas possible de se coucher en rond ; je ne possède ni divan, ni canapé.

— Pourquoi cela ? demanda-t-elle.

— Parce que je pensais me tenir rarement dans ce cabinet ; j'ai surtout soigné l'ameublement des pièces où nous devions habiter ensemble.

— Vous avez eu tort, me dit-elle ; le cabinet de travail d'un homme marié doit être confortable et élégant. Les fournisserus, les indifférents et même la plupart des amis sont reçus dans cette pièce, qui leur sert à se faire une idée du reste de l'appartement. Je vous conseillerais un de ces meubles comme j'en ai vu chez plusieurs tapissiers ; dans la journée ils forment un divan, et le soir un lit des plus complets.

Je la regardai ; elle ne baissa pas les yeux.

— Je suivrai votre conseil, ma chère Paule, lui dis-je. Je vais sortir pour acheter, aujourd'hui même, le meuble dont vous parlez ; mais, vous le voyez, il me manquait absolument ; où pensez-vous que j'ai couché depuis deux jours ?

— Je pensais, me répondit-elle sans s'émouvoir de ma brusque question, que vous vous rétiriez dans la pièce où nous sommes. Seulement, je la croyais plus intelligemment meublée.

Cette phrase me déplut, et je répliquai assez vivement :

— Votre projet est donc de continuer à vous enfermer tous les soirs ?

— Oh ! me dit-elle, d'une voix très douce, et en reprenant mon bras pour rentrer au salon, au lieu de m'interroger sur mes projets, il serait peut-être aimable de les deviner.

Cette dernière phrase justifiait mes suppositions du matin. Je n'avais pas affaire à une ingénue, à une pensionnaire, mais à jeune fille merveilleusement expérimentée.

Où avait-elle acquis cette expérience, cette science de la vie, cette coquetterie qui consistait à laisser mes désirs en suspens ? Etait-ce sa mère qui lui avait dit : « Si tu veux te faire longtemps aimer, sache te faire attendre. Ce qui d'ordinaire tue l'amour dans le mariage, c'est la facilité des relations ; en vue de son bonheur, il est permis à une femme mariée de se conduire dans son ménage comme une maîtresse intelligente. »

Non. La mère de Paule était trop bonne femme, trop naturelle pour avoir donné ces conseils ; elle avait dû prendre le mariage à la lettre et en avoir rempli, sans débats et sans raisonnements, les devoirs et les charges. C'était Mme de Blangy seule qui, voulant faire profiter Paule de son expérience de femme mariée, pouvait lui avoir tracé une règle de conduite.

Eh bien ! mon cher ami, le croiriez-vous, je ne m'irritais pas alors de cette influence exercée sur ma femme ; mon estime pour la comtesse, estime partagée par le monde, me mettait à l'abri de toute crainte, et cette naïveté que vous me connaissez ne me permettait pas d'admettre qu'une femme bien élevée, intelligente comme l'était Mme de Blangy, pût avoir intérèt à ternir par de pernicieux conseils la pureté d'une jeune fille.

Puis, l'avouerai-je, cette science de la vie que j'avais découverte chez Paule, ces résistances qu'elle opposait à mes désirs, loin de m'effrayer, avaient pour moi quelque attrait. La grande innocence, vous le savez, n'a de charme, en général, que pour les corrompus ou les vieillards. Les gen qui, comme moi, n'ont pas encore vécu, se laissent plutôt séduire par certains manèges d'une coquetterie habile ; ils ne s'effrayent pas de recontrer chez une femme un peu de savoir-vivre et de savoir-faire, et s'il leur arrive de songer au mariage, vous les trouverez souvent assez disposés à épouser une veuve.

Aussi me surprenais-je peu à peu à me féliciter de voir chez Paule les avantages incontestables de la jeune fille, réunis à une certaine expérience précoce due à des conseils intelligents ou à une intuition particulière de la vie.

Cette position de soupirant faite à un mari avait aussi quelque chose d'original et développait mon imagination qui, vous l'avouerai-je, avait un peu sommeillé jusqu'à ce jour. Je crois que si j'étais tombé sur une jeune fille ordinaire, j'aurais fait, d'accord avec mon tempérament calme et une certaine dose d'apathie propre à mon caractère, un mari des plus prosaïques et des plus bourgeois.

Auprès de Paule, au contraire, tout mon être s'éveillait, et je sortais peu à peu de cette léthargie des sens causée chez moi par les travaux excessifs auxquels je m'étais livré depuis l'enfance. Mon intelligence toujours surmenée, mon esprit sans cesse tendu vers des études trop abstraites, ne m'avaient point permis de compter avec mon cœur ; il battait pour la première fois peut-être, et j'étais ravi de le sentir battre.

J'allais vivre enfin et réaliser ce rêve charmant : être amoureux de ma femme, avoir une maîtresse légitime, unir la fantaisie à la raison, et remplacer par une belle et bonne passion un amour qui, si Paule ne s'en était pas mêlée, aurait dégénéré en une habitude douce, tranquille, et sans aucune saveur.

Vous ne vous étonnerez donc pas de me voir transformer assez gaiement mon cabinet de travail en chambre à coucher. Je le disposai de mon mieux pour y faire le stage qui m'était imposé. Seulement j'étais décidé à déployer toutes les séductions dont la nature peut m'avoir doué pour abréger ce temps d'épreuve.

VIII

Quinze jours s'écoulèrent pendant lesquels je fus remarquable de patience, de discrétion et de délicatesse. Je n'exigeai rien, je ne demandai rien, je n'adressai même aucune prière directe. A me voir si réservé et si platonique dans mes rapports avec Paule, on aurait pu croire qu'on publiait encore nos bans, et que nous n'avions comparu ni devant le maire, ni devant le clergé de notre paroisse.

Je faisais à ma femme une cour des plus assidues, mais je ne me permettais aucune allusion aux espérances que, vous le reconnaîtrez, mon cher ami, j'étais bien en droit de concevoir. Sa réserve, du reste, égalait la mienne et si je m'étais fait un devoir de ne rien demander, je dois convenir qu'elle s'empressait de ne rien promettre. Je n'étais donc pas plus avancé ; au contraire, il me semblait, par moments, que je reculais un peu. Aussi me dis-je un matin, dans mon lit de garçon, que du moment où la discrétion ne me réussissait pas, il serait peut-être temps d'employer un autre système.

Si, par impossible, mon cher ami, vous vous étonnez de voir ma patience se lasser aussi vite, je vous prierai de vous mettre un instant à ma place. Soyez tranquille, je ne vous y laisserai pas longtemps, vous ne m'avez jamais fait de mal et je n'ai aucune vengeance à tirer de vous.

Vous voilà donc aux côtés d'une femme adorable, séduisante sous tous les rapports, désirable au delà de toute expression ; vous êtes tout le jour en contact continuel avec elle ; elle vous charme, vous enivre, vous affole, et quand le soir arrive... vous savez le reste. Eh bien ! qu'en pensez-vous ?

Cette situation n'est pas nouvelle, me direz-vous, tout le monde s'est trouvé dans un cas à peu près analogue ; il est arrivé de faire la cour à une femme pendant des semaines, souvent des mois, sans obtenir d'elle, pour un motif ou pour un autre, de récompense immédiate. J'en conviens avec vous. Mais cette femme à qui vous faisiez la cour n'était pas votre femme, c'était souvent celle d'un autre, bien des raisons devaient l'engager à retarder l'heure de sa chute ; au bord de l'abîme, mille craintes, mille terreurs, des scrupules de tous genres, pouvaient la retenir. Si ses hésitations et ses résistances étaient pour vous un supplice, du moins vous les admettiez et vous étiez même disposé à les comprendre.

Mais dans le cas qui nous occupe, où voyez-vous, je vous prie, de bonnes raisons à faire valoir pour expliquer une si longue résistance ? Où sont les craintes, les terreurs, les scrupules ? Enfin, où se trouve l'abîme ?

Je ne sais pas pourquoi j'essaye de vous convaincre ; vous étiez rallié à ma cause, j'en suis persuadé, avant de m'entendre, et si je vous étonne, c'est par mon inaltérable patience, que vous appelez déjà peut-être de la faiblesse ou de la niaiserie.

Eh bien ! à partir de mon seizième jour de surnumérariat, je n'ai plus été patient, et du reste je ne pouvais plus l'être. Sous l'empire d'une irritation continuelle, mon caractère s'était aigri, et moi qui avais pu longtemps m'imaginer n'avoir pas de nerfs, j'étais maintenant en butte à une foule de souffrances nerveuses des plus vives.

Cet état maladif ne pouvait durer : puisqu'on paraissait décidé à ne pas aller au-devant de mes désirs, je me décidai à les formuler.

— Déjà ! fit-elle en souriant.

Ah ! dans les dispositions où je me trouvais, je crois qu'un peu plus je l'aurais étranglée pour ce mot-là. Déjà ! mais elle ne comprenait donc rien, cette femme ? elle n'avait ni cœur ni sens ! J'avais cru épouser un être animé, et je m'étais mésallié à une statue.

Je me contins et j'essayai de l'attendrir. Je lui peignis avec éloquence l'amour qu'elle m'avait mis au cœur, je lui dis mes souffrances morales, le malaise physique qui s'était emparé de moi, et dont elle était cause ; je la suppliai de me prendre en pitié, car j'étais à bout de force.

Elle m'écouta attentivement et parut émue de ce qu'elle entendit ; mais quand je la suppliai de répondre elle garda le silence.

Ah ! mon cher ami, il y a des silences qui font terriblement souffrir !

— Parlez donc, criai-je, parlez, dites ce que vous voudrez, mais parlez, je vous en conjure.

— Je n'ai rien à dire, répondit-elle.

— Expliquez-moi vos résistances, vos hésitations. Je m'engage à trouver bonnes toutes vos raisons, mais donnez-m'en une seule, une seule, de grâce !

Elle ne répondit pas.

Alors, furieux, je quittai brusquement le canapé où j'étais assis auprès d'elle et j'allai chercher mon chapeau pour sortir. J'étais tellement exaspéré de ce silence obstiné, tout mon système nerveux était dans une telle irritation, que je craignais de me porter vis-à-vis d'elle à quelque extrémité.

Oui, une parole trop vive est si vite prononcée, un geste trop brusque vous échappe si facilement, et les femmes savant tirer parti, avec tant d'adresse, de ces vivacités ! Elles ne se disent pas qu'elles en sont cause, qu'elles vous ont poussé à bout, qu'elles ont eu les premiers torts. Elles oublient à dessein, et les paroles aigres qui nous ont froissés, et leurs réticences calculées, et les mille épingles qu'elles nous ont enfoncées dans le cœur ; elles ne se souviennent que des derniers mots qui se sont échappés de notre bouche, du geste trop significatif que nous nous sommes permis, et elles s'en font une arme terrible contre nous.

— Vous êtes un brutal ! s'écrient-elles. Tout est fini entre vous et moi !

Je ne voulus pas m'exposer, vous le comprenez, à ce que ma femme pût me dire : « Tout est fini », lorsque rien n'était commencé, et je m'éloignai dans la crainte de ne pouvoir me contenir plus longtemps.

Mais, après avoir fait quelques pas vers la porte, je revins tout à coup.

— Ecoutez, repris-je, vous ne voulez pas répondre à mes questions de tout à l'heure, soit ! N'en parlons plus. Je ne vous demande plus qu'une chose, c'est de me dire à quel moment cessera l'épreuve que vous me faites subir, et je vous jure sur l'honneur d'attendre ce moment sans me plaindre, quelque reculé qu'il puisse être. Mais fixezmoi une date, ne me laissez pas ainsi en suspens ; l'incertitude dans laquelle je vis m'irrite, me tue ! Ayez pitié de moi, je ne vous ai jamais fait de mal, je vous aime, je vous désire ardemment ! Est-ce un tort à vos yeux ? Est-ce un crime dont je doive être puni ? Voyons, soyez bonne, laissez-vous attendrir par mes prières, par mes larmes, oui, par mes larmes. Tenez, je pleure, c'est plus fort que moi, je souffre tant !

Alors, sur le point de se laisser émouvoir peut-être elle éloigna doucement mes mains qui essayaient de l'enlacer, elle se leva et, me clouant à ma place par un regard, où je crus lire une menance qui me fit trembler, elle passa dans sa chambre.

Au même instant, j'entendis un bruit qui m'était bien connu : celui du verrou qu'on poussait.

Ici, vous m'arrêtez, n'est-ce pas, mon cher ami, pour vous écrier : Mais, malheureux, ce verrou qui vous gêne, pourquoi ne l'enlevez-vous pas ? N'êtes-vous pas chez vous ?

Rassurez-vous, la pensée qui vous vient devait me venir aussi. J'avais songé plus d'une fois à faire acte d'autorité. Mes prières, mes sollicitations et mes larmes, du moment où elles ne me servaient pas, devaient, je le sentais bien, me nuire dans l'esprit de Paule. Les femmes n'aiment pas d'ordinaire l'homme qui s'humilie et qui prie. Les supplications ne les touchent qu'autant qu'elles s'accordent avec leurs secrets désirs. Elles se donneront peut-être par bonté d'âme, mais elles n'aimeront point par charité. La mendicité est interdite dans le département de l'amour.

Il s'agissait de prendre un parti énergique, sous peine de me perdre tout à fait dans l'esprit de Paule.

Un soir, après le dîner, elle me proposa de l'accompagner chez Mme de Blangy, qu'elle n'avait pas vue depuis deux jours. J'acceptai, mais arrivé à la porte de la comtesse, je prétextai une subite migraine qui m'obligeait à prendre l'air, et je laissai ma femme monter seule chez son amie, en promettant de venir la rechercher.

A peine l'eus-je quittée que je regagnai précipitamment mon appartement. J'entrai dans la chambre de Paule, j'enlevai l'une après l'autre toutes les vis de l'odieux verrou à l'aide d'un instrument que je m'étais procuré dans la journée ; je brisai la pointe de chacune de ces vis et j'en conservai les têtes que je replaçai dans leurs trous primitifs, après les avoir assujetties d'une façon factice.

Paule ne pouvait s'apercevoir de mon stratagème ; le verrou était encore assez solide pour être poussé intérieurement, mais les têtes des vis, qui n'étaient plus retenues par leurs chevilles habituelles, devaient tomber à la moindre pression extérieure faite contre la porte.

Lorsqu'une heure après je rejoignis ma femme, je la trouvai dans le boudoir de la comtesse, à demi étendue sur un divan aux côtés de son amie.

Quoique mon arrivée fût prévue, je crus m'apercevoir qu'elle gênait ces dames. J'ai pensé depuis qu'elles étaient en train d'échanger des confidences ; les yeux de

Paule étaient humides et fatigués comme si elle avait pleuré, et je remarquai plus d'animation dans les traits de la comtesse.

En reconduisant ma femme, et dans notre salon, avant de prendre congé d'elle, je vous laisse à penser si je renouvelai mes prières des jours précédents. J'aurais été si heureux de ne pas être obligé de recourir à des moyens extrêmes, et de lui laisser toujours ignorer le petit travail de serrurerie auquel je venais de me livrer !

Elle fut plus froide, plus sèche, plus décourageante que jamais.

Si elle avait su m'adresser une bonne parole, me regarder avec un peu de tendresse, me faire pour un avenir, même lointain, une promesse tacite, j'aurais certainement renoncé à mes desseins.

Rien : pas un mot, pas un geste, pas un regard. Elle semblait, ce soir-là, ne pas même s'apercevoir que je lui parlais, ne pas se douter que j'existais ; jamais je ne l'avais vue aussi rêveuse, aussi détachée de moi.

Je n'avais pas à hésiter. Je lui dis adieu ; elle se retira dans sa chambre. Je laissai une heure s'écouler pour qu'elle eût le temps de se déshabiller et de s'endormir.

Puis, tremblant, fiévreux, pâle comme un malfaiteur, je me dirigeai vers la porte de sa chambre à coucher.

Ainsi que je l'avais prévu, le verrou céda et la porte s'ouvrit sans bruit.

IX

J'entrai donc.

Quel fut mon étonnement lorsque j'aperçus ma femme habillée comme elle l'était une heure auparavant et occupée à lire près de la cheminée.

Elle se retourna nonchalamment au bruit que je fis et me dit avec le plus grande calme :

— Je vous attendais.

Je parvins à dompter mon émotion, et m'appuyant contre la cheminée en face de Paule, je dis à mon tour :

— Pourquoi m'attendiez-vous ?

— Parce que mon verrou, en tombant tout à l'heure à mes pieds, au moment où je le poussais, m'a fait deviner vos projets. C'est vous, n'est-ce pas, qui vous êtes livré à ce petit travail de voleur ou d'amant ?

— Ou de mari, ajoutai-je, quoiqu'ils soient rarement obligés d'avoir recours à de pareils moyens. Oui, c'est moi.

— Vous l'avouez ?

— Je l'avoue, dis-je d'une voix ferme. Mon rôle auprès de vous est ridicule et j'ai résolu de ne plus le jouer.

— Qu'espériez-vous donc, si je ne m'étais pas aperçue de votre stratagème ?

— J'espérais vous prouver mon amour.

— En me faisant violence, dit-elle avec un sourire de dédain.

— Oui, en vous faisant violence, si vous m'y aviez contraint ; mais Dieu m'est témoin qu'avant d'en arriver à cette extrémité j'ai tout tenté pour vous attendrir. Ni ma patience, ni ma délicatesse, ni mes prières n'ont pu vous émouvoir.

— Croyez bien que je suis en ce moment moins émue que jamais.

— Vous ne pouvez pas l'être moins ; vous ne l'avez jamais été.

— Vous n'en savez rien. En tous cas, votre conduite de ce soir m'a indignée, et je vous déclare, pour n'avoir plus à y revenir, que toutes vos tentatives seront désormais inutiles.

— Ah ! c'est ma conduite de ce soir qui vous dicte cette détermination ?

— Oui.

— Ce n'est pas vrai ! m'écriai-je tout à coup avec violence, car jusqu'à ce jour vous n'avez rien à me reprocher, je vous ai comblée de soins, d'attentions, de prévenances, et vous n'avez pas eu pitié de moi ! Quel motif vous a fait agir avec cette rigueur ? Je veux le savoir.

Elle garda le silence.

Alors, dans une surexcitation nerveuse impossible à décrire, je lui pris les poignets, je les serrai avec force, je l'obligeai à se lever et je lui dis :

— Répondez, je le veux.

— Vous me faites mal, s'écria-t-elle.

— Répondez, je veux que vous me répondiez.

— Eh bien ! non, je ne répondrai pas ! Jamais la violence n'aura raison de moi. Ah ! vous ne me connaissez pas encore ! Eh bien ! apprenez à me connaître ; cela vous servira pour l'avenir. Ce que je veux, je le veux bien, allez ; et ce que je ne veux pas ne peut jamais s'accomplir. Vos forces s'useront contre ma volonté et vous vous épuiserez dans une lutte inutile.

Pendant qu'elle me parlait avec cette dureté, et que chacune de ses paroles me frappait au cœur, le croiriez-vous, mon cher ami, je ne pouvais m'empêcher de la regarder et de l'admirer.

Ses longs cheveux s'étaient dénoués et retombaient épars sur ses épaules, je voyais sa poitrine palpiter sous le corsage qui la couvrait à peine ; ses yeux avaient des ardeurs que je ne leur connaissais pas, et à travers ses lèvres plus colorées, plus sensuelles que jamais, apparaissaient des dents charmantes que la colère faisait s'entrechoquer.

— Ah ! que tu es belle ! m'écriai-je.

Et, oubliant tout ce qu'elle venait de me dire, réunissant ses deux mains dans ma main gauche et les tenant serrées, j'essayai de la main droite d'approcher sa tête de mes lèvres.

Elle lutta avec tant d'énergie, et déploya tant de force pour se soustraire à mon étreinte, qu'elle s'échappa bientôt de mes bras et que j'allai retomber, brisé, sur le fauteuil où elle était précédemment assise.

Alors, insultant à ma défaite, elle se croisa les bras et me dit :

— Croyez-vous encore venir à bout de moi par la violence ?

— Vous me haïssez donc ! m'écriai-je éperdu et des larmes dans les yeux.

Ainsi qu'il arrive dans la plupart des crises nerveuses, l'attendrissement succédait à la colère.

Cette étrange fille, touchée peut-être par ma douleur, attendrie sans doute comme je l'étais à la suite de la lutte qu'elle venait de soutenir, prit un des coussins de sa chambre, l'approcha de mon fauteuil, s'assit et me dit :

— Non, je ne vous hais pas.

Je la regardai ; ses yeux n'avaient plus leur expression habituelle, ils étaient tendres et bons.

— Alors, lui demandai-je, si vous ne me haïssez pas, pourquoi me faites-vous souffrir ainsi !

— Ne m'interrogez pas à ce sujet, me dit-elle avec douceur, je vous assure que je ne puis vous répondre. Mais, je vous le jure, loin de vous haïr, j'ai pour vous une véritable affection, j'apprécie toutes vos qualités, j'ai été sensible à toutes vos prévenances, et pour être franche, je vous avouerai que je ne vous en veux déjà plus de votre tentative de ce soir et de votre emportement de tout à l'heure. Je suis trop intelligente, croyez-le bien, pour ne pas les expliquer et les excuser.

— Pourquoi, lui dis-je, ne m'avez-vous jamais parlé avec cette douceur et cette raison ?

— J'avais peur de vous voir vous méprendre sur la nature des sentiments que vous m'inspirez et d'encourager un amour auquel je ne saurais répondre.

— Ces dernières paroles, ma chère Paule, ne sont pas d'accord avec ce que vous disiez tout à l'heure. Si vous me reconnaissez des qualités, si vous avez pour moi une véritable affection, je puis espérer...

— Non, non, fit-elle en m'interrompant avec vivacité ; vous ne pouvez rien espérer, et c'est justement pour cela que j'hésitais à vous ouvrir mon cœur. Je craignais le raisonnement que vous venez de faire.

— Avouez qu'il est assez logique.

— Très logique, j'en conviens ; sans quoi je ne l'aurais pas redouté.

— Je ne vous comprends pas.

Elle garda le silence.

— Voyons, repris-je, car je voulais profiter des dispositions où elle semblait se trouver, fiez-vous à ma vive tendresse. Ce n'est pas un mari qui vous parle (je le suis du reste si peu !) c'est un ami qui aura pour vous toutes les indulgences. Peut-être avez-vous au cœur un de ces amours de jeune fille, de cousine à cousin, par example, auxquels on attache une importance exagérée. Eh bien ! loin de vous en faire un grief, je vous traiterai comme une enfant malade, je vous entourerai de soins et j'attendrai votre guérison.

— Non, me dit-elle, ce n'est pas cela.

— Alors je cherche et...

— Vous ne trouverez pas, et il est préférable pour vous que vous ne trouviez pas. Dites-vous : « C'est comme cela » et essayez d'en prendre votre parti.

— Ce parti, ma chère amie, est impossible à prendre ; je suis votre mari, légalement du moins, si je ne le suis pas de fait.

— Ce mariage n'a pas dépendu de moi, vous l'avez voulu contracter envers et contre tous. Rappelez vos souvenirs : vous me rencontrez pour la première fois, un soir, aux Champs-Elysées ; ai-je tourné la tête de votre côté, avez-vous l'ombre d'une coquetterie à me reprocher ? Non. Vous vous rendez chez Mme de Blangy, vous lui parlez de moi et de vos projets ; que vous a-t-elle répondu ? « Paule ne vous convient pas, renoncez à elle. » Cependant vous vous faites présenter chez moi, vous plaisez à mon père, à ma mère, pouvais-je vous fermer la porte d'une maison où je n'étais pas la maîtresse ? Je me suis contentée de vous montrer une froideur que je ne ressentais même pas, car, je vous le répète, vous m'avez été tout d'abord sympathique. Trois semaines s'écoulent, et vous ne craignez pas de demander ma main. Toute ma famille essaye de me persuader que vous me convenez sous tous les rapports, et j'en suis moi-même convaincue. Je résiste pourtant, et mon père, qui m'a déjà vue refuser trois mariages, sans avoir donné un seul bon motif de mon refus, commence à se fâcher et me menace du couvent. Le couvent ! Me voyez-vous, à vingt ans, retourner au couvent, moi qui n'ai pas d'idées religieuses ! J'ai peur et je finis par dire à mon père : « Que votre volonté soit faite ! » Mais à vous, je vous dis : « Renoncez de vous-même à vos projets ; je ne puis pas vous refuser, mais retirez votre demande. Vous méritez d'être heureux et je ne saurais contribuer à votre bonheur. » Au lieu de vous tenir pour averti, vous n'attachez aucune importance à ces paroles, vous persistez à me prendre pour une enfant qui ne connaît rien à la vie ; avec cette fatuité particulière à tous les hommes, vous ne doutez pas de vous faire aimer et vous m'épousez. Voyons ! je m'en rapporte à vous, est-ce ma faute, et pouvez-vous me reprocher ce qui vous arrive ?

— Alors, répliquai-je au bout d'un instant de silence, pour vous avoir aimée au point d'être sourd à tous les avertissements, me voici condamné à perpétuité au plus affreux des supplices : celui de Tantale.

Elle me prit une main que je n'eus pas le courage de lui retirer et elle me dit :

— Ce supplice ne sera pas aussi pénible que vous croyez. Je saurai l'adoucir à force de dévouement et de bonne tendresse. Si je ne vous aime pas comme vous désirez l'être, du moins je n'aimerai jamais personne, je vous en fais le serment, car vous êtes le seul homme qui auriez pu me plaire. Vous n'aurez jamais à me reprocher aucune coquetterie vis-à-vis de vous, ni avec ceux de vos amis que vous pourrez me faire connaître. Ma vie se passera, si vous le désirez, entre ma mère, vous et Mme de Blangy. Le monde pourra vous croire le mari le plus heureux et le plus aimé, tant on me verra vous entourer de prévenances et de soins. Enfin, je serai pour vous la meilleure des sœurs.

Je réfléchis longtemps en silence à tout ce qu'elle venait de dire, j'essayai d'envisager froidement la situation qu'on voulait me faire et d'y prendre goût. Mais tout à coup mon sang se mit à bouillonner, ma chair se révolta, et, me levant, je m'écriai :

— Non, je n'accepte pas le marché que vous me proposez. Je vous aime avec passion, avec délire, et je ne puis pas consentir à vivre à vos côtés comme un frère. Je vous ai épousée pour que vous soyez ma femme, il faut que vous la soyez.

— Ah ! répliqua-t-elle, on m'avait bien dit que tous les hommes étaient égoïstes et matériels. Vous ne valez pas mieux que les autres. Eh bien ! je vous le répète, acceptez ou n'acceptez pas ce que je vous propose, je n'en serai pas davantage à vous. J'ai dit, et je vous prie maintenant de me laisser ; j'ai besoin de repos, je suis brisée, et si vous avez des prétentions à être un mari, du moins, j'imagine, vous ne voudrez pas être un tyran.

X

Elle se trompait. Je devins un tyran.

Qu'avais-je à ménager ? M'avait-elle laissé quelque espoir ? Pouvais-je penser qu'avec le temps je triompherais de ses résistances, que je parviendrais à toucher son cœur ? Non, elle s'était expliquée à ce sujet le plus clairement du monde, et il eût été insensé de me faire de nouvelles illusions. J'étais condamné en dernier ressort, sans possibilité de recours en grâce, au célibat à perpétuité.

J'exerçai, du reste, ma tyrannie sans conviction, sans parti pris, avec des temps d'arrêt et de brusques retours vers la douceur et la mansuétude. Ce fut une tyrannie intermittente.

Ah ! mon cher ami, ne me reprochez pas ma faiblesse, mon manque d'énergie ; il est si difficile d'avoir des rigueurs continues pour qui l'on adore !

Mon premier acte d'autorité fut de m'occuper de la question verrou. « Peine inutile, me direz-vous, le petit travail de serrurerie auquel vous vous étiez livré dans la journée vous avait si peu profité ! Ce n'était pas la porte de votre femme qu'il faillait déverrouiller, c'était son cœur. » Vous avez parfaitement raison. Mais ne pouvant triompher des résistances morales, je me plaisais à vaincre les obstacles matériels. Je ne voulais plus qu'on dressât des barricades chez moi, et je prétendais entrer, à mes heures, dans l'unique chambre à coucher de mon appartement. Je m'empressai donc de ramasser, sur le tapis, le petit instrument de mon supplice et le mis dans ma poche.

Chose étrange ! Le même jour, sans qu'il fût entré le moindre ouvrier chez moi, je pus contempler un nouveau verrou, dit de sûreté, qui se prélassait à la place de l'ancien. Qui l'avait posé ? Ma femme évidemment. Sans mot dire, je m'armai de mon tournevis et défis ce qu'on venait de faire. Le lendemain, un nouveau verrou apparut. Il eut le sort des deux premiers ; je devenais collectionneur. Ma femme ne céda qu'au septième verrou ; elle avait sans doute épuisé le fonds du quincaillier voisin.

Ces petites opérations avaient heureusement lieu entre nous, loin des regards indiscrets des domestiques. Ils continuaient à nous croire les plus heureux époux de la terre, tellement Paule mettait de soin à me combler d'attentions devant eux. Jamais un mot, un geste, ne put leur faire deviner nos querelles intestines. Je me plais à rendre cet hommage à Mlle Giraud : c'est le seul.

Usa-t-elle de stratagème pour remplacer son septième verrou ? Trouva-t-elle une façon originale de se fortifier de nouveau et de se soustraire à quelque intempestive visite nocturne ? Longtemps je n'en sus rien. Le souvenir de ma première campagne me donnait à réfléchir ; j'hésitais à m'exposer à une nouvelle défaite et je m'enfermais sous ma tente, comme le chasseur que plusieurs insuccès ont désespéré et qui reste chez lui, dans la crainte de revenir bredouille.

Cet accès de timidité, d'amour-propre, de dignité, de poltronnerie, — appelez-le comme vous voudrez, je crois qu'il y avait un peu de tout cela, — ne pouvait cependant durer.

Il devait venir à ma pensée (il serait venu à la pensée de tout autre à ma place) de ne pas me résigner à mon triste sort sans avoir livré quelque bataille décisive. Le jour de ma défaite, j'avais eu à combattre un ennemi sur ses gardes. Le verrou tombé tout à coup sur le tapis avait annoncé ma prochaine arrivée, comme une détonation, sur les remparts, annonce aux assiégés un prochain assaut.

Paule s'était aussitôt armée de pied en cap, elle avait rangé ses batteries, et dès que j'avais eu l'imprudence d'apparaître, elle avait fait feu de toutes pièces et j'étais tombé meurtri sous ses coups. Il s'agissait, cette fois, de surprendre l'ennemi, la nuit, pendant son sommeil, lorsqu'il se serait débarrassé de ses armes et de tout son attirail guerrier.

J'étais décidé à ne lui faire ni grâce, ni merci ; à ne me laisser attendrir ni par ses cris, ni par ses menaces, ni par ses prières ; d'être résolu et énergique, quoi qu'il pût arriver ; et de remporter une de ces victoires tellement éclatantes que le vainqueur est absous devant l'histoire des ruses de guerre dont il s'est servi.

Ce n'est pas sans une certaine émotion, que je vis approcher l'heure fixée pour cette grande bataille ; je savais qu'elle devait avoir une importance capitale. Lorsque deux adversaires combattent, en champ clos, à armes égales, en plein soleil, le vaincu ne se sent pas humilié ; il peut le lendemain envoyer un nouveau cartel et on le doit accepter. Mais si l'on attaque nuitamment un ennemi surprise et désarmé, on doit vaincre ou renoncer à une lutte devenue impossible.

Aussi ne négligeai-je rien pour m'assurer un éclatant triomphe ; je pris mon temps, mon heure, et je poussai l'habileté jusqu'à essayer de deviner la tactique qu'emploierait mon adversaire pour me résister, le genre de défense qu'il imaginerait, les ruses qu'il opposerait aux miennes.

Ma femme, ce jour-là, s'était retirée dans sa chambre vers onze heures ; je fis comme elle et je passai dans mon cabinet. J'attendis longtemps que tous les bruits de la maison eussent cessé, que toutes les lumières se fussent éteintes ; puis, vers une heure du matin, je traversai doucement le salon, et j'entrai dans la chambre nuptiale, sans avoir rencontré le moindre obstacle. La porte, en se refermant, ne fit aucun bruit. Une veilleuse suspendue au plafond répandait autour de moi une douce et mystérieuse clarté. Mon regard se porta vers le lit.

Paule dormait. Son visage était tourné de mon côté ; un de ses bras, nu, gracieusement arrondi, reposait sur l'oreiller au-dessus de sa tête. Sous le drap qui la couvrait imparfaitement, on apercevait tous les contours d'un corps admirable. N'insistons pas davantage : dans mon déshabillé galant, debout au milieu de la chambre, exposé aux rhumes de cerveau, le moment serait mal choisi pour regarder ma femme s'étendre voluptueusement dans mon domaine. Ne devais-je pas le conquérir au plus vite et m'y installer en maître avant le réveil de l'usurpatrice ?

Je me décidai à monter à l'assaut. Ce n'était pas chose facile : le lit était un de ces bons lits élevés comme les aimaient nos pères et dans lesquels on ne saurait se glisser.

Il fallait enjamber, il n'y avait pas à dire. Mais mon parti était pris, je ne connaissais pas d'obstacles. Tout à coup, au moment où ma jambe droite avait déjà franchi le bois du lit et cherchait un point d'appui sur le sommier élastique, où ma jambe gauche allait la rejoindre, au moment enfin où j'étais en quelque sorte suspendu dans les airs, j'entendis un éclat de rire, mais un éclat de rire si retentissant que je perdis l'équilibre, et retombai à pieds joints sur le tapis.

Paule n'avait pas fait le moindre mouvement, son bras était toujours replié sur sa tête, ses jambes s'entrecroisaient gracieusement, mais ses yeux grands ouverts étaient fixés sur moi, et elle riait, elle riait !

Alors je pris mon élan et m'élançai sur le lit. D'un bond, je me trouvai debout, au pied.

Me voyez-vous, mon cher ami, dans cette posture et le costume que vous supposez, grand comme je le suis, le visage à moitié perdu dans les rideaux. Vous me trouvez bien ridicule, n'est-ce pas ? et dire que j'avais encore à franchir la distance comprise entre les pieds et la tête d'un lit.

J'entrepris ce voyage.

Paule riait toujours. Enfin je me courbai, je soulevai la couverture, je la ramenai sur moi je m'étendis tout de mon long. Ah ! quel lit ! Comme il était grand ! J'avais pu y prendre place sans que Paule se fût dérangée. Comme il était moelleux, comme je l'avais bien choisi !

Paule ne riait plus ; elle me regardait. Je la regardais aussi, sans oser encore bouger de ma place. N'étais-je pas maître de la situation, la victoire n'était-elle pas certaine ?

Eh bien, non ! elle ne l'était pas. J'étais préparé à tout, excepté au silence obstiné de ma femme, à son impassibilité glaciale. Je croyais rencontrer un adversaire qui allait se plaindre, m'insulter, combattre ; j'étais prêt à la lutte et j'en serais sorti victorieux.

Mais ces deux grands yeux qui me regardaient avec une opiniâtre fixité, ces lèvres obstinément fermées, ce corps insensible, inerte, inanimé en quelque sorte, me glacèrent à mon tour. Mes belles résolutions s'évanouirent.

Oh ! elle savait bien ce qu'elle faisait, on lui avait indiqué la conduite à tenir vis-à-vis de moi. On lui avait dit : « Plus un homme est amoureux, plus il est facile à impressionner ; plus ses nerfs sont tendus, plus ils se détendent facilement à la moindre commotion nerveuse.

« Une émotion trop vive peut faire d'un athlète un enfant. Il vous défend de verrouiller votre porte, obéissez ; laissez-le pénétrer dans cette chambre qu'il ne veut pas vous abandonner, dormez sur vos deux oreilles, il n'est pas à craindre, vous n'avez rien à redouter de lui. Il reconnaîtra de lui-même l'inutilité de ses visites clandestines, il rougira de sa défaite et ne s'exposera plus à jouer auprès de vous un rôle ridicule. »

Celle qui osa tenir à Paule ce langage avait raison. Elle connaissait à ravir les défectuosités de notre pauvre nature humaine, ses défaillances et ses découragements.

Depuis lors, je n'osai plus pénétrer dans la chambre de ma femme, et, chose étrange, je n'osai plus me plaindre : sa porte ne m'était-elle pas ouverte à deux battants ? s'était-elle étonnée de mon intempestive visite ? Non. Je n'avais à lui reprocher que la froideur de son accueil ; mais cette froideur, j'aurais dû la vaincre et je ne l'avais pas su. J'étais vraiment désespéré. Je n'avais plus aucun espoir, aucune ressource.

Je m'étais autrefois demandé si je ne devais pas confier mes peines à Mme Giraud, s'il ne me serait pas permis de lui dire : « En me donnant votre fille, vous ne vouliez pas que nous vivions séparés et nous le sommes, usez de votre influence auprès d'elle pour lui faire comprendre que le mariage n'est pas absolument une sinécure. »

Mais que serait-il arrivé ? Mme Giraud aurait fait appeler sa fille, qui lui aurait répondu (si elle avait daigné répondre, ce qui n'était pas bien prouvé) : « Mon mari est un calomniateur ; si, par un sentiment de pudeur exagérée, je lui ai quelquefois fermé ma chambre, je ne la ferme plus. Rien ne l'empêche d'y pénétrer et il y pénètre. S'il ne s'y trouve pas bien, c'est sa faute et non la mienne, et c'est moi qui serais en droit de me plaindre de lui. »

L'entretien finissait là ; Mme Giraud n'avait rien à répliquer. Une seule personne, par suite de son excessive finesse, de son expérience de la vie, de l'originalité de son caractère, et de la réelle influence qu'elle exerçait sur Paule, aurait pu lui adresser quelques observations et lui faire comprendre que tous les torts n'étaient pas de mon côté ; qu'ils étaient en quelque sorte la conséquence des siens. Mais j'hésitais à mêler Mme de Blangy à nos affaires de ménage, à la prendre pour confidente de mes malheurs domestiques. Je redoutais son genre d'esprit, son humeur moqueuse, les traits qu'elle ne manquerait pas de me décocher, et jusqu'à sa façon de me regarder à bout portant.

XI

Je me trompais : Mme de Blangy, que je me décidai enfin, un jour, à prendre pour confidente, se montra tout à fait bonne femme. Elle voulut bien me laisser lui raconter mes infortunes de la façon la plus complète ; elle ne me permit pas de passer aucun détail. Loin de paraître fatiguée de mes récits, elle semblait prendre plaisir à les écouter, s'y complaire en quelque sorte, et lorsque je les eus terminés, elle s'écria : « J'étais un peu prévenue contre vous, maintenant vous m'êtes tout à fait sympathique. »

Je donnai à ces paroles une explication des plus simples : « Amie intime de ma femme, me disais-je, Mme de Blangy avait pu craindre que Paule n'eût reporté sur moi toute l'affection qu'elle avait pour elle. Mes confidences l'ont rassurée ; elle voit bien que je ne suis pas aimé, que Paule dit vrai lorsqu'elle assure l'aimer toujours : sa jalousie disparaît et elle me rend son estime. »

Elle m'en donna une preuve en cherchant avec moi quels motifs avaient pu m'aliéner le cœur de ma femme. Elle n'en découvrit aucun.

Nous cherchâmes aussi un moyen de sortir de la position fausse où je me trouvais : malgré tout son esprit, Mme de Blangy n'imagina rien. Cependant elle me vit si désolé, si abattu, qu'elle me prit en pitié et finit par me dire :

— Je m'absente pour trois jours, je vais au Havre auprès d'une personne de ma famille. Si vous consentez à me confier votre femme, je passerai tout mon temps à la morigéner, à essayer de la faire revenir à de meilleurs sentiments, à lui apprendre à vous aimer.

J'acceptai avec reconnaissance et je m'empressai d'aller retrouver Paule et de l'inviter à faire au plus vite sa malle. L'idée de ce voyage parut beaucoup le réjouir : elle se rendit aussitôt chez son amie pour fixer avec elle le jour du départ. Il eut lieu le lendemain, et j'accompagnai ces deux dames à la gare de la rue d'Amsterdam.

— J'ai bon espoir, me dit Mme de Blangy, en me serrant la main, au moment de monter en wagon. Je vous la ramènerai tout autre.

Je ne m'en aperçus pas. Ce voyage n'apporta aucun changement à ma situation. J'eus lieu de croire, cependant, à certaine altération dans les traits de Paule, que Mme de Blangy avait tenu sa promesse, qu'elle l'avait tourmentée, grondée à mon sujet, et abreuvée de morale. Mais il était écrit que rien ne pouvait triompher de cet indomptable caractère.

C'est alors, mon cher ami, qu'irrité, agacé, énervé, devenu méchant, je donnai un libre cours à cette tyrannie dont je vous ai déjà parlé.

Tant que j'avais eu quelque espoir, je m'étais contraint malgré mes crispations nerveuses et mon réel chagrin. Je ne voulais mettre aucun tort de mon côté, et si je n'avais pas pour Paule toutes les prévenances d'un mari amoureux et aimé, elle n'avait eu cependant jamais à se plaindre de moi : je la laissais libre de disposer de son temps à sa fantaisie, de voir les personnes qui lui plaisaient ; je lui procurais un nombre suffisant de distractions, et plus d'une fois, je lui avais apporté quelque cadeau, destiné à l'attendrir.

Dès lors, je me refusai à l'accompagner lorsqu'elle voulut sortir ; je prétextai des affaires les jours où elle semblait désirer assister à un concert ou à un spectacle. Je ne la conduisis plus dans le monde ; je fermai ma porte aux visiteurs. Je restreignis les dépenses de la maison.

Enfin, que voulez-vous ? Je ne savais qu'imaginer ! Après avoir essayé inutilement de la gagner par la douceur, j'essayai de la prendre par la famine.

Paule, je dois lui rendre cette justice, ne se plaignit pas de mes procédés à son égard ; jamais il ne lui échappa un reproche, une observation. Elle paraissait s'être fait un devoir d'être aussi soumise, à certains moments, qu'elle l'était peu dans d'autres. Elle avait sans doute conscience de ses torts envers moi, et elle prétendait les expier par l'égalité de son humeur et les charmes d'un esprit toujours enjoué, toujours aimable.

La jalousie même n'eut aucune prise sur cette implacable sérénité. Oui, la jalousie ! car, en désespoir de cause, j'essayai de rendre Paule jalouse.

C'était de la folie, me direz-vous ; je suis entièrement de votre avis. Marié, je pris une maîtresse, une maîtresse en titre, moi qui, lorsque j'étais garçon, n'avais eu que des liaisons (si l'on peut appeler cela des liaisons) des plus passagères et des plus mystérieuses. Je souffris qu'une courtisane en renom, connue de tout Paris, m'affichât ; je le lui demandai même comme une faveur. Je laissai traîner chez moi les lettres qu'elle m'écrivait ; je lui envoyai porter mes réponses par un domestique. Je payai, un jour, à table, devant Paule, une note de six mille francs pour des boucles d'oreilles en brillants que j'avais offertes, le matin, à Mlle X… Enfin, mon cher ami, je découchai, oui, je découchai.

Vous me direz à cela que ma femme ne pouvait pas beaucoup s'en apercevoir. Je vous demande pardon : je rentrai si tard le matin et avec tant de fracas, que toute ma maison fut au courant de mon immoralité. Je devenais cynique, moi !

Vous pensez peut-être qu'à partir du jour où je brisai les vitres, Paule crut devoir, au moins pour la forme, me témoigner son mécontentement. Vous vous tromperiez : jamais elle ne fut aussi aimable, aussi empressée à me plaire.

Et, plus elle m'accablait de son indifférence et de sa mansuétude, plus j'enrageais, plus je faisais d'efforts pour la chagriner, l'émouvoir, la tirer de son apathie. Enfin, je crus avoir trouvé un moyen de lui être désagréable et de l'obliger peut-être à me demander grâce : c'était de la séparer de sa meilleure amie, Mme de Blangy, chez qui, depuis que je la négligeais, elle passait ses après-midi et presque toutes ses soirées.

Un jour, au moment où elle s'apprêtait à sortir, je l'arrêtai en lui disant :

— Où allez-vous ?

— Comme d'habitude, un instant chez ma mère, puis chez Berthe.

— Je trouve que vous allez beaucoup trop souvent chez Mme de Blangy.

Elle releva vivement la tête, me regarda et dit :

— Pourquoi cela ?

— Parce que...

Je cherchais, ne sachant trop que dire :

— Parce que, repris-je, la société de la comtesse ne vous convient pas ; c'est une femme trop mondaine pour vous.

— Berthe ! mondaine ! C'est à peine si elle reçoit quelques visites, elle en rend le moins possible, et elle ne va jamais en soirée.

— Evidemment. Elle ne s'y trouverait pas à l'aise. Sa position de femme séparée, de femme mariée... qui ne l'est pas, lui crée une situation difficile.

— Ne sait-on pas que tous les torts sont du côté de son mari ?

— Non pas ; beaucoup de personnes en doutent ; moi, par exemple. L'expérience ne m'a-t-elle pas démontré que, dans certains ménages, les premiers torts viennent de la femme ? J'y ai mûrement réfléchi, la société de Mme de Blangy peut compromettre une femme aussi jeune que vous, une jeune fille, pour ainsi dire.

— Vous avez mis du temps à vous en apercevoir, fit-elle sans paraître prendre garde à mes allusions.

— Je ne m'en serais probablement jamais aperçu si je n'avais été cruellement désappointé à votre sujet.

Elle ne daigna même pas relever ce dernier trait, et elle reprit :

— Je croyais la comtesse votre amie.

— Elle est trop la vôtre pour pouvoir être la mienne.

— Ce qui ne vous empêche pas d'aller lui demander des services.

— Elle ne me les rend pas.

— Cela ne dépend pas d'elle.

— Tant pis. Une femme de son âge, de son expérience et dans sa position, devrait avoir plus d'empire sur vous.

— Oh ! elle en a beaucoup.

— Elle l'exerce mal, alors, et elle n'en est que plus dangereuse.

Décidément j'étais parvenu à émouvoir Paule ; pour la première fois elle me tenait tête. Aussi, à chacune de ses répliques, mon courage grandissait-il. Peut-être avais-je enfin trouvé sa corde sensible : son amitié pour Mme de Blangy, sa crainte de la perdre, allaient sans doute la décider à capituler avec moi.

Au bout d'un instant, elle reprit :

— Quelle conclusion faut-il tirer de tout ce que vous venez de me dire ?

— Oh ! fis-je ; décidé à frapper brusquement un grand coup, une conclusion des plus simples : vous ne verrez plus la comtesse.

— Vraiment ? Plus du tout !

— Plus du tout.

— Et si je voulais continuer à la voir ? s'écria-t-elle, en sortant tout à fait, cette fois, de son calme ordinaire.

— Je vous en empêcherais, répondis-je.

— De quelle façon ?

— D'abord, je donnerai l'ordre à mes domestiques de ne jamais recevoir Mme de Blangy, et ils m'obéiront.

— Je n'en doute pas. Mais si je ne la vois pas ici, je puis la voir chez elle.

— Pas davantage.

— Prétendez-vous m'enfermer ?

— Je n'y songe pas.

— Alors ?

— J'irai simplement trouver la comtesse et je lui dirai : Je vous prie, madame, de vouloir bien cesser toute relation avec ma femme.

— Et si elle s'y refuse ?

— Elle ne peut s'y refuser. Sa position de femme séparée l'oblige à de grande ménagements, à une extrême circonspection. Elle n'ignore pas qu'elle ne tarderait pas à se perdre dans l'opinion publique si on apprenait que malgré la volonté expresse d'un mari elle continue à attirer chez elle sa femme. Dans la bonne société, il existe certains usages et certaines lois auxquels on ne saurait se soustraire sous peine de ne plus appartenir au monde.

Paule comprit sans doute la justesse de mon raisonnement ; elle garda le silence.

Elle ne le rompit qu'au bout d'un instant pour me dire :

— Puis-je du moins faire une dernière visite à Mme de Blangy, pour lui apprendre vos volontés et lui exprimer mes regrets de ne plus la voir ?

— Certainement, fis-je touché malgré moi de cette soumission à mes désirs.

Lorsqu'elle fut partie, je me dis bien que cette soumission n'était qu'apparente. Paule, sans aucun doute, allait se consulter avec la comtesse pour trouver un moyen de me faire changer de détermination. Que m'importait ? N'étais-je pas décidé à ne pas faiblir, à me montrer inexorable, tant qu'on serait inexorable pour moi ?

Je me trompais encore sur ce point. Paule ne m'ouvrit plus la bouche de Mme de Blangy ; cette dame ne fit aucune tentative pour obtenir que je lui rendisse son amie, elle ne m'écrivit même pas, comme je m'y attendais, pour me reprocher ma conduite à son égard ; je n'eus pas besoin de la consigner à ma porte, elle ne vint jamais y frapper, et j'acquis la preuve certaine que Paule n'allait plus chez elle. En effet, Mme de Blangy ne demeurait-elle pas dans notre rue, presque vis-à-vis de nous, et lorsque ma femme sortait, ne pouvais-je pas de ma croisée, caché derrière mes persiennes, la suivre des yeux et me convaincre qu'elle passait devant la maison de la comtesse sans y entrer ?

« Cette situation ne peut durer, me dis-je ; elles sont trop fières pour s'adresser à moi, et me prier de leur rendre leur existence passée. Elles comptent toutes les deux sur le temps, sur la réflexion, sur mon amour, pour que je m'attendrisse de moi-même ; mais lorsqu'elles reconnaîtront qu'il n'y faut plus compter, alors... »

Etais-je assez misérable ! Tenir avec tant d'acharnement à une femme qui ne voulait pas de moi !

Jamais peut-être mes nerfs n'avaient été plus surexcités qu'à cette époque. Jamais mes désirs n'avaient été plus vifs.

Ma liaison avec Mlle X... avait sans doute amené ce résultat ; aux côtés de la femme qu'on n'aime pas, on est toujours tenté de songer à la femme qu'on aime. On la voit, on l'entend, on se dit : « Oh ! si c'était elle ! » La tête s'exhalte, et celle qui vous devait guérir de votre amour pour une autre, ne parvient qu'à l'augmenter.

XII

Le temps s'écoulait et Paule avait repris toute sa placidité. Elle paraissait avoir oublié jusqu'à Mme de Blangy ; elle oubliait surtout que j'étais son mari. Cependant j'espérais, j'espérais toujours.

Je comptais sur ma tyrannie, l'espèce de réclusion dans laquelle vivait ma femme, et le désir qu'elle devait éprouver de revoir sa meilleure amie.

Bientôt je n'espérai plus ; voici ce qui arriva :

Je venais de déjeuner en tête-à-tête avec Paule. Pendant que je lisais les journaux dans le salon, elle était passée dans son cabinet de toilette. Elle en sortit quelque temps après, les épaules couvertes d'un mantelet, un chapeau sur la tête et me dit :

— Je vais faire des emplettes ; je monterai aussi chez ma mère, avez-vous des commissions ?

— Non, répondis-je, je vous remercie.

— Au revoir alors, ajouta-t-elle, et elle s'éloigna.

Lorsque la porte de l'appartement se fut refermée, je courus à mon poste habituel, à l'observatoire que je m'étais ménagé derrière une des persiennes de mon cabinet de travail, devenu, hélas ! ma chambre de garçon.

C'était par acquit de conscience que je me donnais maintenant cette peine. Paule, depuis deux mois, passait devant la maison de Mme de Blangy sans s'arrêter, sans même lever les yeux vers les croisées de son amie ; elle n'avait aucune raison, ce jour-là, pour changer d'habitude. Je la vis bientôt sur le trottoir, au-dessous de moi ; elle suivait les maisons dans la direction du boulevard. Je me surpris à l'admirer : ses cheveux, contenus par derrière dans une fine résille, avaient, au soleil, des reflets éblouissants. Par moments, pour éviter quelque obstacle, d'un geste imperceptible elle soulevait le bas de sa robe, et l'on voyait apparaître deux pieds délicieusement cambrés et un petit bout de jambe adorable.

Elle ne marchait pas ; elle ondulait pour ainsi dire : ses épaules, sa taille, ses hanches semblaient rouler de droite à gauche et de gauche à droite. C'était voluptueux au possible.

Tout à coup une idée folle me passa par la tête. « Si je la suivais, me dis-je, je la verrais plus longtemps. »

Je vous jure, mon cher ami, que je n'obéissais, en ce moment, je le crois du moins, à aucun sentiment de jalousie : j'étais charmé, je désirais rester sous le charme, voilà tout. J'oubliais que Paule était ma femme ; rien de plus facile à oublier, du reste.

Je descendis précipitamment mon étage. J'étais bien sûr de la retrouver ; la rue Caumartin est longue, elle est droite et on y rencontre fort peu de rues transversales.

Je n'avais pas fait vingt pas dans la direction des boulevards que j'aperçus au loin devant moi, sur le même trottoir, mes petits pieds, mon bas de jambe, mes cheveux, ma nuque, mes épaules et mons dos. Tout cela continuait à onduler, je suivis les ondulations.

Arrivée à l'extrémité de la rue Caumartin, avant de traverser la rue Basse-du-Rempart, Paule sembla se consulter. Allait-elle se diriger du côté de la Madeleine ou de la Bastille ? Tout à coup, avant de se décider, et comme si elle obéissait à quelque recommandation, elle se retourna et regarda derrière elle.

Je n'eus que le temps de me jeter sous une porte cochère ; elle ne me vit pas.

Rassurée sans doute, elle prit le boulevard et marcha vers la Madeleine.

Mais sa marche incertaine, son geste, son coup d'œil en arrière, l'espèce d'inquiétude qu'elle avait paru un instant éprouver, me donnèrent à réfléchir.

« A-t-elle donc peur d'être suivie ? » me demandai-je.

J'allais devenir jaloux ; il ne me manquait plus que cela ! Peut-être vous étonnez-vous, mon cher ami, que je ne l'aie pas encore été. Vous auriez tort ; je ne pouvais pas l'être. L'existence de Paule depuis notre mariage avait été des plus régulières et des moins accidentées : elle faisait peu de visites, en recevait rarement et ne sortait, je l'ai dit, que pour se rendre chez sa mère ou chez son amie.

A une demi-heure près j'avais toujours connu l'emploi de son temps. Comment, dans ces conditions, soupçonner une femme d'infidélité, éprouver de la jalousie ? Lorsque je cherchais pour quel motif elle se conduisait avec moi de la façon que vous savez, il m'était bien venu à la pensée de me dire : « Aurait-elle un amant ? » Mais j'avais été obligé aussitôt de convenir qu'elle ne pouvait en avoir, à moins qu'elle ne donnât ses rendez-vous dans notre appartement, chez sa mère ou chez Mme de Blangy. Les trois suppositions étaient inadmissibles.

Arrivée sur la place de la Madeleine, Paule se dirigea vers l'église ; elle en franchit la grille et gravit les marches. « Que signifie cela ? me dis-je ; elle fait ses dévotions dans la semaine maintenant, elle qui, le dimanche, ne songe même pas à la messe ! »

J'ajoutai bientôt : « Est-ce à cette piété que je dois attribuer mes tourments ? Aurait-on infligé à ma femme une pénitence qu'elle me fait partager ? Serions-nous tous deux victimes d'un de ces vœux prononcés dans un moment d'égarement ? Oh ! alors, j'ai de l'espoir ; on ne prononce plus de vœux éternels, celui-là ne peut être que temporaire. »

Au même instant, je fis un bond et je m'élançai dans la direction du marché de la Madeleine. Une nouvelle réflexion venait de me frapper : Paule était tout simplement entrée dans l'église pour dépister les personnes qui auraient été tentées de la suivre, et elle allait sortir par un des bas-côtés.

Pourquoi me précipitai-je plutôt vers le côté droit que vers le côté gauche ? Je l'ignore, mais je n'eus qu'à me féliciter de mon choix. J'étais à peine caché derrière une des petites baraques destinées aux marchandes de fleurs, que j'aperçus ma femme. Elle n'avait pris que le temps de traverser l'église, comme on traverse une place publique. Et, moi qui la soupçonnais, un instant auparavant, d'être dévote !

Il n'y avait plus à se faire d'illusion : elle allait à un rendez-vous. Seulement elle s'y rendait par un chemin détourné.

Elle reprit sa course, je repris la mienne ; je me tenais à une trentaine de pas derrière elle, sur le qui-vive, prêt à m'évanouir comme une ombre, s'il lui arrivait de se retourner. La jalousie venait de faire de moi un agent de police des plus experts.

Elle suivait maintenant le boulevard des Capucines et marchait avec assez de rapidité. Par moments, j'étais pris d'une terreur folle : si tous ces promeneurs qui se croisaient en tous sens allaient la cacher à mes regards, si je la perdais ! Alors je me rapprochais, je courais, je me trouvais tout à coup à deux pas d'elle, derrière quelque gros personnage taillé pour servir de muraille vivante.

Au boulevard des Italiens, je fus sur le point de la perdre. Il m'avait semblé la voir se diriger vers la rue de la Chaussée-d'Antin. Un coup d'œil rapide, lancé à droite et à gauche, me convainquit de mon erreur ; je repris le boulevard et je la rejoignis au moment où elle tournait la rue du Helder.

Ma position devenait périlleuse : la voie dans laquelle Paule s'était engagée n'est pas très fréquentée, les trottoirs y sont étroits, les portes cochères quelquefois fermées, les magasins rares. Il est difficile de se dissimuler brusquement ; la moindre imprudence pouvait me trahir. Je n'en commis aucune, grâce aux qualités policières qui s'étaient tout à coup développées chez moi, et qui auraient été certainement très appréciées rue de Jérusalem. Au lieu de suivre ma femme à quelques pas de distance, comme je l'avais fait jusque-là, je me contentai de la suivre des yeux, et je repris ma course seulement lorsqu'elle eut atteint la rue Taitbout. Alors je pus, sans danger, m'embusquer de nouveau dans son ombre.

Décidément où allions-nous, quand nous arrêterions-nous ? Depuis un instant, certains indices me laissaient supposer que j'approchais du terme de mes pérégrinations. Paule semblait plus inquiète, sa marche était moins régulière, elle se retournait plus fréquemment ; elle ne se sentait pas suivie, mais elle se disait que sans doute le moment était venu de redoubler de précautions. Ah ! mon cher ami, quelle course, quelle poursuite, quelle chasse, et surtout quelles émotions !

Enfin, après avoir pris la rue de Provence, à droite, dépassé la rue Saint-Georges, traversé le boulevard Lafayette, elle s'engagea dans la rue Laffitte, et je la vis tout à coup disparaître sous une porte cochère.

Je m'arrêtai. Qu'allais-je faire ? Entrer à mon tour dans la maison où elle venait de s'introduire, la rejoindre sur l'escalier, lui reprocher sa conduite, la traiter comme elle le méritait, l'obliger à me suivre ?

Mais alors son secret m'échappait : elle refusait d'avouer qu'elle allait à un rendez-vous ; elle prenait le premier prétexte venu pour expliquer sa présence dans cette maison inconnue : « On lui avait donné l'adresse de quelque fournisseur, elle le cherchait. C'était pour prier qu'elle était entrée à la Madeleine ; par curiosité qu'elle se retournait à chaque instant dans la rue ; par amour de la flânerie qu'elle s'était promenée dans tout Paris avant de se rendre rue Laffitte. » Oh ! elle n'aurait pas été embarrassée, je vous en réponds. Elle serait parvenue à me confondre ; peut-être même m'aurait-elle convaincu de son innocence.

Etait-il adroit de m'adresser au concierge ? On devait la connaître ; ce n'était certainement pas la première fois qu'elle se rendait dans la maison. Mais si cet homme lui était tout dévoué, s'il refusait de me répondre, s'il la prévenait !

Alors, je ne saurais rien ; je n'aurais pas la preuve de sa perfidie ; je ne connaîtrais pas le nom de celui qui me déshonorait ; je ne pourrais me venger, ni de lui, ni d'elle !

Ah ! me venger ! quelle jouissance, après avoir tant souffert !

Dans l'intérêt de ma vengeance, je résolus d'être calme, patient, rusé. Je résolus d'attendre.

Attendre ! attendre à cette porte, devant cette maison où, j'en étais certain, elle me trompait, elle me trahissait, elle accordait à un autre tout ce qu'elle me refusait ; quel supplice !

Une voiture vide passait en ce moment, je fis signe au cocher de se ranger au coin de la rue Laffitte et de la rue de la Victoire, puis je montai dans la voiture, je relevai les glaces et, les yeux fixés sur la porte cochère qui avait donné passage à Paule, j'attendis.

Deux heures s'écoulèrent. Deux heures !

Enfin elle sortit. Un voile épais couvrait son visage, un de ces voiles en laine, dits voiles anglais, à l'usage des femmes adultères. Elle s'arrêta sur le seuil de la porte, parut regarder autour d'elle, hésita à se risquer dans la rue, et, prenant tout à coup son parti, elle s'éloigna vivement dans la direction des boulevards.

Moi, je restai encore quelque temps à mon poste d'observation : peut-être allais-je voir sortir celui qu'elle venait de quitter.

Personne ne parut, ou plutôt mes soupçons ne purent se porter sur aucune des personnes que je vis sortir.

Je descendis de voiture, je renvoyai mon cocher et je revins chez moi.

Paule était déjà installée dans le salon.

— Comme vous rentrez tard ! me dit-elle.

Je fus sur le point d'éclater, je me contins.

— Est-ce que vous m'attendez depuis longtemps ? demandai-je.

— Depuis assez longtemps.

— Etes-vous satisfaite de votre promenade ?

— Très satisfaite ; le temps était si beau ! J'en ai profité pour faire plusieurs courses.

— Vous avez vu votre mère ?

— Non ; elle était sortie. J'irai la voir ce soir, si vous le permettez.

— Certainement.

On vint nous annoncer que le dîner était servi ; j'offris mon bras à Paule et nous passâmes dans la salle à manger.

XIII

Ne vous étonnez pas, mon cher ami, de mon sang-froid et de l'empire que je parvins à avoir sur moi-même dans cette triste journée. J'étais moins à plaindre que vous ne le supposez.

Oui, moins à plaindre : enfin je ne marchais plus dans les ténèbres, je n'étais plus entouré de mystères, je n'avais plus à chercher les motifs de son indifférence et de sa froideur. J'avais maintenant le mot de l'énigme que je tenais depuis si longtemps à deviner ; je n'étais plus en face d'un sphynx, je me trouvais en présence d'une femme, faite comme les autres, perfide comme la plupart. Bref, je ne pouvais douter : Paule s'était jusqu'alors soustraite à mon amour parce qu'elle avait un amant.

Ah ! c'était affreux sans doute et je souffrais cruellement, mais je savais, au moins, de quelle nature était mon mal, quel était le nom de ma maladie. J'allais certainement connaître celui qui m'avait réduit au désespoir, qui avait osé me prendre mon bien, s'emparer de mes droits, me voler un cœur qui m'appartenait et le garder à lui tout seul, sans consentir au plus petit partage.

Ah ! le misérable ! il lui avait sans doute dit : « Je consens à ce que tu l'épouses, à ce qu'il te donne son nom, mais c'est moi qui, de fait, serai ton mari, moi seul. Tu ne tiendras aucun compte de son amour et de ses droits. Tu n'aimeras que moi. »

Oui, il lui avait dit cela, et lui avait arraché quelque serment solennel ; sans quoi elle se fût conduite comme la plupart des femmes mariées qui ont un amant : elle m'eût trompé avec lui et l'eût trompé avec moi.

Mais qui était-il ? Il fallait au plus vite le voir, le connaître. Il fallait…

Ah ! mon cher ami, moi, que mon imagination n'avait jamais beaucoup tourmenté, si vous saviez comme elle travaillait maintenant, comme elle était en délire, à quelles vengeances elle me poussait ! Je vous réponds que mes camarades de promotion ne se seraient plus, comme autrefois, moqués de ma pacifique nature. Je les aurais effrayés par ma férocité.

Hélas ! je n'eus le lendemain et le surlendemain aucune occasion de l'exercer. Paule ne sortit pas. Ce n'était probablement pas jour de rendez-vous. Leurs amours étaient intermittentes. J'en fus désolé.

En être réduit à me désespérer de la sagesse… relative de ma femme !

Enfin, le troisième jour, après déjeuner, elle annonça des projets de promenade.

— De quel côté vous dirigerez-vous ? demandai-je.

— Je ne sais pas trop, répondit-elle, où mon humeur me poussera ; vers quelques magasins, sans doute.

— Désirez-vous que je vous accompagne ?

Elle répliqua sans se troubler :

— Avec le plus grand plaisir, je mets mon chapeau et je vous rejoins.

Quelle habileté à déjouer mes soupçons, quelle astuce ! Si j'avais été moins prévenu j'aurais pu croire que je ne gênais en aucune façon ses projets.

C'est moi qui fus obligé de me dégager, de prétexter une affaire, à laquelle je n'avais pas songé, pour la laisser sortir seule.

Cette fois, je ne commis pas l'imprudence de la suivre. Ne savais-je pas où elle allait ?

Je pris une voiture et me fis conduire à la place où j'avais déjà stationné.

J'avais, d'après mes calculs, quelque temps devant moi ; avant qu'elle arrivât rue Laffitte, il lui fallait plus d'une heure pour ses détours et ses circuits habituels.

Plusieurs commissionnaires cherchaient fortune à l'angle des rues Laffitte et de la Victoire. J'appelai, de ma voiture, celui dont la figure intelligente m'offrait le plus de garantie.

— Voulez-vous gagner un louis ? dis-je à cet homme.

Une réponse affirmative ne se fit pas attendre.

Je continuai en ces termes :

— Vous allez vous tenir près de ma voiture, comme si vous causiez avec le cocher. Lorsque je vous toucherai le bras, vous regarderez aussitôt devant vous et vous verrez une dame qui entrera dans cette maison, celle-ci, la troisième à droite. Vous laisserez quelques secondes s'écouler, puis vous rejoindrez cette dame dans l'escalier et vous viendrez me dire à quel étage elle s'est arrêtée. C'est on ne peut plus simple, comme vous voyez ; seulement, la personne en question ne doit pas se douter qu'elle est suivie. Vous aurez soin de ne pas vous arrêter au même étage qu'elle, et de tenir un papier à la main pour faire croire que vous êtes chargé d'une commission dans la maison.

Je n'eus pas besoin de me répéter, mon homme avait compris.

Au bout d'un quart d'heure environ j'aperçus Paule. Je donnai le signal convenu, le commissionnaire interrompit une conversation commencée avec mon cocher et, au bout d'un court instant, s'engagea dans la maison où était entrée ma femme.

Cinq minutes après, il revint auprès de moi.

— Eh bien ? demandai-je.

— Cette dame, répondit-il, s'est arrêtée au second.

— De quel côté ?

— Du côté des petits appartements qui donnent sur la cour, à droite en montant.

— Elle a sonné, sans doute. Qui lui a ouvert ?

— Elle n'a pas sonné. Tout en montant l'escalier elle a tiré de son porte-monnaie une petite clef et elle a ouvert elle-même.

Ce dernier détail changeait mes soupçons en certitudes.

— C'est bien, fis-je en remettant au commissionnaire le louis convenu, et afin d'être certain de la discrétion de cet homme, j'ajoutai : J'aurai peut-être encore besoin de vous au même prix.

Ce jour-là, ma femme abrégea sa visite et, par conséquent, ma faction. Elle y mettait de la délicatesse.

Lorsque je l'eus vue disparaître, je descendis de voiture et m'avançai vers la maison qu'elle venait de quitter.

Pour entrer en relations avec les concierges, j'allais avoir recours à une ruse des plus vulgaires, mais ce sont celles-là qui réussissent le plus souvent.

— Vous avez un appartement à louer ? dis-je à une femme qui se tenait dans la loge.

— Oui, Monsieur, au quatrième. Nous en avons un autre au second.

— Ah ! au second, cela me conviendrait mieux. Sur le devant ou sur la cour ?

— Sur le devant ; c'est un appartement de cinq mille francs.

— Un petit appartement alors, fis-je avec aplomb.

La concierge, qui était restée assise pour répondre à mes questions, se leva. Une personne, que ce prix de cinq mille francs, loin d'effrayer, ne satisfaisait pas, méritait qu'on eût pour elle quelque considération.

— Sans doute, Monsieur, fit-elle, l'appartement n'est pas immense ; on en voit de plus beaux, surtout dans les nouveaux quartiers. Mais il y a quatre chambres à coucher.

— Hélas ! répliquai-je, car tout en parlant je venais d'arrêter mon plan, il m'en faut cinq.

— Il y a un petit salon dont Monsieur pourrait faire une chambre. Monsieur veut-il voir ?

— Soit, voyons.

Comme je le supposais, d'après le rapport de mon commissionnaire, deux portes s'ouvraient sur le palier du second étage. Une grande, à deux battants, celle de l'appartement que j'allais visiter ; à droite, une plus petite avec une serrure en cuivre.

Je suivis la concierge et parcourus consciencieusement toutes les pièces qu'elle ouvrit devant moi.

Lorsque mon inspection fut terminée je dis :

— C'est dommage, ce logement me convient sous beaucoup de rapports. Il est parfaitement situé ; il est aéré. Sans mon fils, je n'hésiterais pas à l'arrêter.

J'osai me donner un fils, moi qui n'avais même pas de femme.

— Est-ce que le fils de Monsieur, demanda la concierge, intriguée par mes paroles, ne se trouvera pas bien ici ?

— Il se plaindra d'être sous la même clef que moi, de n'avoir pas son entrée particulière. Mon fils est garçon ; il consent à demeurer en famille, mais à la condition de jouir d'un peu de liberté. S'il y avait, par exemple, sur le même palier que celui-ci, un petit logement de deux ou trois pièces, ce serait notre affaire. Malheureusement il n'y a pas de petits appartements dans cette maison.

— Je vous demande pardon, Monsieur, répliqua la concierge ; nous avons, au contraire, à chaque étage, des logements qui varient de huit cents à douze cents francs. Mais aucun n'est à louer en ce moment.

— Comme c'est fâcheux ! Le logement en face de celui-ci m'eût si bien convenu. Je cherche depuis longtemps à m'installer de la sorte.

Je jouais mon rôle avec tant de conviction, que la concierge, comme je l'espérais, me dit :

— On pourrait probablement s'arranger. Le propriétaire désire louer son grand appartement, et s'il convient à Monsieur, si Monsieur tient absolument à y joindre le petit, on donnerait congé au locataire d'en face.

— Oh ! déranger à cause d'un nouveau venu quelqu'un qui habite la maison depuis longtemps...

— Non, Monsieur ; cette personne n'est ici que depuis deux mois.

— Ah ! deux mois! C'est égal, elle a ses aises, ses habitudes.

— Oh ! bien peu. Elle habite la campagne, paraît-il, et elle a pris ce logement comme pied-à-terre. Elle s'y repose quelques instants lorsqu'elle vient à Paris, deux ou trois fois par semaine.

— C'est sans doute, dis-je en souriant, un jeune homme qui habite en famille ; il donne ici ses rendez-vous de garçon.

— Non, Monsieur, fit la concierge, c'est une dame.

Une dame ! Je restai confondu. Ma femme avait eu la hardiesse de louer elle-même ce logement, pour y recevoir son amant. Je ne pouvais même plus me dire que, poussée par la passion, elle avait consenti à se rendre chez celui qui avait su lui plaire, qu'elle avait succombé peu à peu, comme succombent beaucoup de femmes. Non ! elle avait elle-même préparé sa chute ; elle en était l'auteur ; comme Marguerite de Bourgogne, elle possédait sa petite tour de Nesle.

La concierge reprit :

— Si Monsieur le désire, je verrai, dès demain, le propriétaire et je suis sûre que l'affaire s'arrangera.

— Je ne demande pas mieux, répondis-je, en redevenant maître de moi, mais je désirerais jeter un coup d'œil sur le logement dont vous me parlez. Il me serait difficile de le louer sans savoir de quelle façon il est distribué.

— Qu'à cela ne tienne ; c'est moi qui suis chargée de faire le ménage de cette dame, elle m'a donné une clef et quand Monsieur voudra entrer...

— Aujourd'hui même, j'ai le temps.

— C'est impossible aujourd'hui. Madame est à Paris. Je l'ai vue monter.

— Elle n'est pas repartie ?

— Je ne crois pas, Monsieur.

Décidément cette concierge faisait très mal son service. La locataire du second était sortie depuis une heure sans qu'on l'eût aperçue. Ma femme avait eu la main heureuse en choisissant cette maison.

Mais il ne m'appartenait pas d'insister à ce sujet.

— Et demain, dis-je, pourrais-je visiter le logement en question ?

— Certainement, Monsieur. Madame ne vient jamais deux jours de suite à Paris.

— A demain donc, et comme j'espère être bientôt votre locataire, prenez cet acompte sur le denier à Dieu.

Je tenais à me faire une alliée de cette femme.

XIV

Je fus exact au rendez-vous ; le lendemain vers les deux heures, je me retrouvai rue Laffitte. Dès qu'elle m'aperçut, la concierge, se souvenant de mon acompte, me salua de son sourire le plus gracieux, sortit de sa loge et me précéda dans l'escalier. Arrivée au second étage, elle prit dans sa poche une jolie petite clef en acier, l'introduisit dans une serrure Fichet, et se rangea pour me laisser passer.

Comme mon cœur battait, comme je souffrais en pénétrant dans ce mystérieux réduit ! J'allais donc voir les lieux témoins de plaisirs que j'aurais dû seul connaître. J'allais, pour ainsi dire, toucher du doigt sa trahison et son infamie.

Après avoir traversé deux pièces je m'arrêtai, et m'adressant à la concierge :

— Cet appartement n'est donc pas meublé, fis-je observer.

— J'ai dit à Monsieur que c'était un pied-à-terre ; madame ne couche jamais ici. Quand elle vient dans le jour, elle se tient dans son salon.

— Où est-il ce salon ?

— Le voici.

Je poussai une porte et j'entrai.

D'abord, je ne vis rien. Les persiennes étaient fermées, les rideaux baissés. La concierge courut à la fenêtre et ouvrit. Je regardai de tous mes yeux.

Figurez-vous, mon cher ami, une petite pièce de quatre mètres carrés environ, un boudoir plutôt qu'un salon, tendu de satin noir capitonné avec des boutons en satin ponceau. Un de ces immenses divans, que nous devons à la Turquie, très bas de forme, presque au niveau du sol, recouvert d'une étoffe semblable à celle de la tenture, capitonné comme elle, faisait le tour de la pièce : sur le parquet, un épais tapis à triple thibaude et les coussins en satin noir du divan, jetés çà et là en guise de sièges. Aux murs, pour tout ornement, plusieurs petites glaces de Venise et de charmantes appliques Louis XV, supportant des bougies roses à moitié consumées. Au milieu de la cheminée, une réduction en marbre de la baigneuse de Falconnet ; à droite et à gauche, deux groupes de Clodion en terre cuite. En face de la cheminée, une étagère en ébène avec incrustations de nacre, supportant une coupe en cristal de roche pleine de cigarettes turques et quelques livres en maroquin rouge, dont je parcourus rapidement les titres. C'était, si je m'en souviens, un volume de Balzac, contenant : *Une passion dans le désert* et *La fille aux yeux d'or*, *Mlle de Maupin*, de Théophile Gautier ; *La religieuse*, de Diderot et le dernier roman d'Ernest Feydeau : *Mme de Chalis*.

Voilà, mon cher ami, la description exacte de ce réduit. L'originalité de l'ameublement, la bizarrerie de certains détails ne devaient me frapper que beaucoup plus tard, lorsque je fus appelé à faire un retour vers le passé.

Après avoir visité le boudoir, je demandai à la concierge s'il n'y avait pas d'autre pièce.

— Il y a encore, me dit-elle, un cabinet de toilette.

Après m'être armé de courage, j'entrai, m'attendant à quelque excentricité d'emménagement.

Je me trompais : le cabinet était à peine meublé. Aux fenêtres, des rideaux de perse ; sur une petite table en marbre : une cuvette en verre de Bohême, un peigne en écaille blonde et une boîte de poudre de riz.

— Cette pièce n'est pas grande, me dit la concierge, mais elle est très commode, à cause de ses placards.

— Les placards ! Voyons.

J'allais sans doute pénétrer quelque mystère, me trouver en face de vêtements qui pourraient me renseigner sur le compte de mon rival.

Mais, sous le prétexte de constater la profondeur du placard, j'eus beau regarder dans tous les coins, je ne découvris aucune trace de redingote, de pardessus ou même de jaquette. En revanche, j'aperçus, accroché à un portemanteau, une espèce de peplum antique en cachemire blanc, intérieurement doublé de satin ponceau, de la même nuance que celle remarquée déjà dans le boudoir, et une grande robe de chambre en satin noir, doublée et piquée à l'intérieur de satin gris perle.

Vous avouerai-je cette nouvelle faiblesse ? Je ne pouvais détacher mon regard de ces vêtements qui appartenaient évidemment à ma femme, et qui étaient encore tout imprégnés de capiteux parfums. Je croyais voir dans ce peplum ouvert son admirable buste, sa poitrine si ferme, sa taille cambrée, ses hanches accentuées, tels qu'ils m'étaient apparus, une seule nuit, dans toute leur splendide nudité. Le satin ponceau du peplum ou le gris perle de la robe de chambre faisait ressortir la blancheur de la peau et répandait de vigoureuses ombres sur ce corps adorable.

Mon imagination vagabonde allait encore plus loin : je voyais tout à coup Paule sortir de son peplum, comme l'odalisque l'Ingres sortirait de son cadre, et s'avancer, émue et palpitante, vers celui qu'elle me préférait.

Ah ! qu'aurais-je donné pour être à la place de cet homme ! Je crois que si l'on fût venu me dire, en ce moment : « Vous avez tout découvert, les coupables sont confondus, pardonnez-leur, n'usez pas des droits que vous donne la loi, et votre femme sera votre femme ; pour vous, elle va se vêtir de ce peplum dont elle se revêtissait pour un autre, elle vous rejoindra dans le boudoir tout étincelant de lumières et de soie ; à vous, pendant une semaine, un jour, une heure, ses sourires, ses baisers, ses caresses ; à vous, toutes les voluptés que vous rêvez sans cesse depuis votre mariage et qui vous fuient toujours. » Ah ! c'est indigne, c'est lâche, ce que je vais confesser : j'aurais pardonné !

Tout le monde, je le sais, ne me comprendra pas. On est tenté de me dire : « Vous ne pouvez plus aimer cette femme. En apprenant ce que vous venez d'apprendre, en découvrant sa trahison, le mépris a tué l'amour. » Eh ! dans certain cas, le désir survit à l'amour, et la possession seule tue le désir !

Du reste, l'impression que j'avais ressentie dans ma visite de la rue Laffitte s'effaça quelques heures après : je rentrai en possession de moi-même et je ne fus plus animé que des sentiments qui doivent appartenir à un mari outragé, à un homme cruellement frappé dans son honneur.

Deux longs jours s'écoulèrent, deux jours pendant lesquels Paule ne parut pas disposée à sortir : ses souvenirs lui suffisaient sans doute et l'aidaient à attendre l'heure du prochain rendez-vous.

Enfin cette heure sonna. Je la vis partir légère et tranquille, à mille lieues de supposer ce qui se passait en moi.

A peine se fut-elle éloignée que je descendis à mon tour.

Dix minutes après, j'étais rue Laffitte. J'allais suivre de point en point le plan que je m'étais tracé.

— Je vous ai demandé quarante-huit heures pour réfléchir, dis-je à la concierge ; aujourd'hui me voici à peu près décidé. Quelques détails d'emménagement m'empêchent seuls d'arrêter d'une façon définitive votre grand appartement. Je désire y placer de vieux bahuts et des tapisseries anciennes que, sous aucun prétexte, je ne voudrais être obligé de rogner et de couper ; il est important que je sache s'ils peuvent entrer dans le salon. J'ai pris leur mesure exacte, et si vous n'y voyez pas d'obstacles, je vais maintenant prendre la hauteur des murs.

Pour donner plus de poids à ce que je disais, je tirai de ma poche un papier surchargé de chiffres.

La concierge trouva ma demande des plus naturelles, s'empressa de m'ouvrir l'appartement que j'étais sur le point de louer, et comme il était entièrement vide, elle ne craignit pas de me laisser seul à mes calculs et de retourner dans sa loge.

Enfin ! J'étais libre ! Par la porte d'entrée, j'allais voir, dans un instant, Paule monter l'escalier et déboucher sur le palier. Peut-être son amant l'attendait-il déjà et viendrait-il à porte pour la recevoir : alors je m'élancerais vers lui. Peut-être la rejoindrait-il plus tard, et au moment où, à son tour, il mettrait la clef dans la serrure, je me trouverais en face de lui pour lui défendre d'entrer et lui demander raison.

Au bout d'un quart d'heure environ, j'entendis des pas dans l'escalier.

J'entrebâillai la porte : on ne pouvait pas me voir et je voyais à merveille.

C'était ma femme. Elle montait lestement comme une personne désireuse d'arriver, ou qui craint d'être suivie ; en traversant le palier, elle se trouva si près de moi que j'entendis le bruit de sa respiration précipitée. Immobile, d'une main retenant la porte, de l'autre contenant mon cœur prêt à se briser, je regardai.

Elle tira une clef de sa poche et elle ouvrit.

Personne ne vint à sa rencontre ; aucune voix ne lui souhaita la bienvenue.

Elle était arrivée la première au rendez-vous ; l'autre allait venir, ou bien il était déjà dans la place et n'avait pas entendu ouvrir.

Cette dernière supposition devait être la vraie : trois quarts d'heure s'écoulèrent, plusieurs personnes montèrent l'escalier, aucune ne s'arrêta sur le palier. Il n'était pas probable qu'on fît attendre ma femme si longtemps.

Alors, le peplum doublé de satin ponceau me revint à l'esprit. Malgré les trois portes qui me séparaient de Paule, je la vis quitter sa toilette habituelle et passer son voluptueux vêtement. Pendant cette opération, le froid l'avait gagnée, sa chair frissonnait au contact du satin ; elle s'élançait dans le boudoir capitonné de soie, elle se pelotonnait près du feu, sur de moelleux coussins ; le peplum s'entr'ouvrait, la flamme du foyer réchauffait son beau corps, le caressait de ses reflets rougeâtres, l'éclairait avec amour, et lui, lui, mon rival, émerveillé, affolé, courait à elle et l'enlaçait dans ses bras.

Oui, je voyais tout cela, et il me prenait des rages insensées : je m'élançais pour briser les obstacles qui me séparaient d'eux, je voulais leur apparaître tout à coup, les surprendre au milieu de leurs transports, les frapper, les tuer !

Mais la raison me disait : « Calme-toi, sois prudent, avant que tu ne parviennes jusqu'à eux, que tu n'enfonces toutes les portes, ils auront eu le temps de se mettre sur leur garde, le bruit attirera les voisins, on te prendra pour un malfaiteur ou un fou, on t'arrêtera peut-être, et il t'échappera, lui ! Sache souffrir encore un instant, il faudra bien qu'il sorte enfin, et alors… tu te vengeras ! »

J'attendis. Trois quarts d'heure s'écoulèrent.

Enfin on ouvrit une porte, puis une seconde ; un bruit de voix frappa mon oreille.

Il l'accompagnait ! J'allais le voir.

La porte d'entrée s'entr'ouvrit ; ma femme apparut, et tandis que, pour se faire passage, elle poussait peu à peu la porte qu'on retenait encore à l'intérieur, je l'entendis prononcer ces mots :

— Je te le promets, après-demain, au plus tard, et j'essayerai de rester plus longtemps.

Alors, je m'élançai : d'une main j'écartai vivement ma femme, de l'autre je poussai la porte qu'on n'avait pas eu le temps de fermer et je me trouvai en face...

XV

Jugez de mon étonnement : je me trouvais en face de Mme de Blangy.

Interdit, je regardais sans parler.

Elle paraissait elle-même très émue. Mon entrée intempestive motivait suffisamment cette émotion.

Elle se remit cependant avant moi, ouvrit tout à fait la porte, et s'adressant à Paule restée sur le palier :

— C'est ton mari, ma chère, lui dit-elle ; son arrivée a été si brusque que tu ne l'as peut-être pas reconnu. Tu n'as plus aucune raison de t'en aller.

Lorsque Paule eut refermé la porte, Mme de Blangy, se tournant vers moi, me dit, cette fois, de sa voix la plus naturelle :

— Je suis enchantée, monsieur, de vous recevoir dans mon humble demeure, donnez-vous la peine de me suivre.

Comme je ne répondais pas, elle prit le bras de Paule et marcha devant moi.

Je la suivis.

Nous entrâmes dans le boudoir.

Alors je pus parler. J'aurais aussi bien fait de me taire, car je ne trouvai à dire que cette phrase, au moins inutile :

— Ainsi, je suis chez vous !

— Comment, si vous êtes chez moi ! s'écria-t-elle en riant. Vous en doutiez ? Chez qui donc pensiez-vous entrer, de cette façon cavalière ? Chez vous, peut-être. J'avoue que vos allures s'expliqueraient mieux. Mais non, vous êtes chez moi, bien chez moi. Vous vous étonnez que je possède deux domiciles. C'est on ne peut plus simple. Rue Caumartin, on me dérange sans cesse ; il y a toujours quelqu'un de pendu à ma sonnette ; je n'ai pas un instant de liberté. Ici, je jouis d'une tranquillité parfaite. Je me retire dans ce réduit, comme les sages se retiraient au désert, pour rêver. Dans ce boudoir j'ai tous les avantages de la campagne : le silence, l'isolement, le calme, le repos, et je n'en ai pas les ennuis : le chant du coq, les aboiements des chiens, l'odeur de l'étable. J'arrange ma vie comme je l'entends, moi, mon cher monsieur, je ne dépends de personne, je suis un garçon.

Elle avait débité tout cela, d'un trait, sans se reposer, dans le but sans doute de m'étourdir avec ce verbiage, et de dominer la situation.

Elle s'arrêta pour reprendre haleine, et avec une profonde habileté, elle vint d'elle-même au-devant des objections que j'aurais pu faire, des étonnements que je pouvais ressentir.

— Je vous vois, dit-elle, en souriant, jeter autour de vous des regards… ahuris, permettez l'expression. Vous

vous dites que pour une retraite, ce boudoir est bien luxueux, cet ameublement bien excentrique. Ce grand divan circulaire, ces glaces de Venise, ces groupes sur la cheminée, avouez-le, vous suffoquent un peu. Mon cher monsieur, si j'ai placé des statuettes sur ma cheminée au lieu d'y mettre une pendule, suivant l'usage, c'est que d'abord je déteste les usages, et qu'ensuite, je me plais ici à oublier l'heure. Ce divan est un délicieux meuble, dont j'avais remarqué le modèle à l'Exposition Universelle, dans la partie réservée à la Turquie. Tenez, étendez-vous un peu, vous verrez comme on est bien. Quant aux glaces, vous m'en auriez dit des merveilles, si vous aviez fait votre petite... irruption chez moi une demi-heure plus tôt. Alors les bougies étaient allumées, le feu flambait, mille lueurs se réfléchissaient dans tous ces petits miroirs ; c'était divin. Mais je me proposais de sortir un instant après le départ de Paule, j'étais loin de vous attendre, et j'ai cru pouvoir éteindre le feu, souffler les bougies et permettre au soleil de se montrer. Le malheureux, il ne produit ici aucun effet... pardonnez-lui.

Je n'avais pas besoin de la recommandation de Mme de Blangy pour pardonner au soleil ; ce n'était pas à lui que j'en voulais.

Du reste, à qui en voulais-je ? Je ne savais plus. La comtesse avait réussi à m'étourdir. La tête me tournait. Pendant qu'elle me parlait de la cheminée, du divan et des glaces, mes yeux s'étaient portés alternativement vers les points et les objets qu'elle me désignait. Maintenant, je regardais machinalement le fameux peplum que je vous ai décrit avec tant de soin : je l'apercevais négligemment étendu sur le divan, près de la place où Paule était assise. C'était tout bonnement à Mme de Blangy qu'il appartenait, et dire qu'il m'avait si fort impressionné ! J'en avais, avec ivresse, caressé le satin, j'avais délicieusement respiré les aromes qui s'en échappaient. J'en avais rêvé : ce que c'est que l'imagination !

On aurait pu croire, en vérité, que la comtesse devinait toutes mes pensées.

— Vous admirez mon peplum, dit-elle, tout à coup ; vous avez raison. C'est un délicieux vêtement, lorsqu'on reste chez soi.

Elle s'était levée, avait pris le peplum et le mettait pardessus ses vêtements.

— Voyez comme il me va bien, continua-t-elle ; malgré son ampleur il dessine admirablement la poitrine et les épaules ; et les plis, comme ils retombent avec grâce ! Paule est folle de ce vêtement, vous devriez lui en commander un semblable. Je lui aurais bien offert celui-ci ; malheureusement nous ne sommes pas de la même taille.

Et comme j'approuvais de la tête, sans parler elle s'écria :

— Mais vous êtes devenu muet. J'ai beau me mettre en frais de coquetteries, vous ne daignez pas desserrer les dents. Qu'avez-vous donc ? Ah ! J'y suis, reprit-elle, après une minute de réflexion. Dire que je n'avais pas pensé à cela plus tôt. Monsieur est furieux qu'on lui ait désobéi, qu'on ait transgressé ses ordres ; il avait défendu à sa femme de me revoir et elle me revoit. Il l'a suivie et il a malheureusement acquis la preuve de sa désobéissance.

Elle vint s'asseoir ou plutôt s'étendre près de moi, sur le divan et continua :

— Voyons, raisonnons un peu. D'abord pour ce qui me concerne, je vous déclare que je ne vous ai pas gardé rancune, un seul instant. Vous êtes jaloux de toutes les affections que peut ressentir votre femme ; vous exigez qu'elle n'aime que vous. C'est au moins prétentieux, mais il n'y a pas là de quoi m'offenser. Lorsque Paule est venue, il y a deux mois, m'annoncer la mesure que vous aviez prise à mon égard, l'ostracisme dont vous me frappiez : « Pauvre garçon, me suis-je écriée, comme il t'aime ! ».

« Vous le voyez, je suis bonne princesse, comtesse, devrais-je dire. Je vous en aurais voulu davantage, il est vrai, si j'avais pu craindre que vous parviendriez à me séparer de mon amie d'enfance, si je n'avais pas trouvé moyen de vous obéir, tout en vous désobéissant ; en un mot, si je n'avais pas habilement tourné la difficulté.

« Il refuse de me recevoir ? dis-je à Paule. — Hélas ! oui, fit-elle, en soupirant. — Eh bien ! c'est son droit, je me consigne, de moi-même, à sa porte. Il te défend aussi de me faire visite ? — Oui, murmura la pauvrette avec un nouveau soupir. — Il faut lui obéir, ma chère, les ordres d'un mari, vois-tu, c'est sacré, tu ne mettras plus les pieds rue Caumartin. Mais il ne peut t'avoir défendu d'aller rue Laffitte, puisqu'il ne connaît pas ma petite maison de campagne, mon *buon ritiro*. Tu y viendras, deux ou trois fois par semaine, passer une heure avec moi. Nous fermerons les persiennes, nous allumerons les bougies, nous nous étendrons sur le grand divan, nous fumerons des cigarettes turques et nous dirons de ton mari le plus de mal possible, pour nous venger de sa férocité. Ce sera charmant. » Voilà ce que nous avons osé faire, cher monsieur. Si nous sommes coupables, prenez un de ces coussins et étouffez-nous comme on fait en Turquie. Ce sera de la couleur locale. Si vous nous pardonnez de nous aimer depuis le couvent et de ne pouvoir vivre séparées l'une de l'autre, quittez cet air rébarbatif qui me rappelle Barbe-Bleue, et acceptez cette cigarette. »

Elle continua, pendant plus d'une demi-heure, à parler de la sorte. Lorsque nous prîmes congé d'elle, ni Paule, ni moi n'avions pu placer un seul mot, ce qui ne l'empêcha pas de nous dire :

— Vous pouvez revenir me voir dans ma retraite, vous ne sauriez la troubler par le bruit de vos voix. Je ne vous le reproche pas, mais vous êtes joliment silencieux et discrets.

Il n'aurait plus manqué qu'elle nous le reprochât.

XVI

Eh bien ! mon cher ami, qu'en pensez-vous ? Ne devais-je pas être ravi ? Les soupçons qui m'avaient tant fait souffrir depuis huit jours s'étaient envolés comme par enchantement. Ma jalousie n'avait plus de raison d'être. Il était de toute évidence que Mme de Blangy disait vrai : ce logement, elle l'avait loué pour vivre en garçon, comme elle l'assurait. En fait d'excentricités, rien ne pouvait m'étonner de sa part. Elle l'avait meublé à sa façon, et maintenant, lorsque je me rappelais mille détails, je m'étonnais de n'avoir pas songé à elle lors de ma première visite en compagnie de la concierge. Ce meuble de satin noir piqué de soie ponceau, n'en avait-elle pas un semblable dans son salon de la rue Caumartin ? Ne l'avais-je pas, maintes fois, entendue se plaindre que les grands divans de la Turquie ne fussent pas adoptés par nos tapissiers parisiens ? Et ces livres placés sur l'étagère, leurs reliures que j'avais déjà remarquées chez elle, n'auraient-ils pas dû me donner à réfléchir ? Ma femme n'était coupable, comme le faisait observer la comtesse, que d'avoir spirituellement éludé mes ordres. Je ne pouvais avoir contre elle aucun grief sérieux, aucun grief nouveau, bien entendu, car l'ancien subsistait toujours. Oh ! toujours ! j'en étais au même point !

Et, cependant, le croiriez-vous, je fus pris d'une tristesse mortelle, d'une mélancolie plus profonde que jamais. Depuis huit jours ma jalousie avait fait diversion à ma douleur : je ne rêvais que vengeance, duel, mort. Et voilà qui, tout à coup, cette jalousie n'avait plus de raison d'être : j'étais obligé d'abandonner tous mes projets... guerriers, je rentrais dans le *statu quo*. Ma terrible idée fixe me reprenait et je me retrouvais en face de l'énigme qui me torturait sans relâche.

Les distractions mondaines que j'avais essayé de goûter ne m'avaient point réussi. Depuis longtemps déjà j'avais rompu avec la créature dont je vous ai parlé : ces relations m'écœuraient, le remède était pire que le mal.

L'idée me vint de voyager : « Le mouvement, le bruit, la vue d'horizons nouveaux, la nécessité où je me trouverai de m'occuper d'une foule de détails, de parler de choses indifférentes, de vivre activement, me feront peut-être quelque bien, me disais-je. En tout cas, si je ne suis pas maître de mes pensées, si je les emporte avec moi, si de cruels souvenirs me poursuivent, je sortirai, du moins matériellement, du milieu où je vis ; c'est quelque chose. »

Mes préparatifs de départ ne furent pas longs. Qui laissais-je après moi ? Une seule personne, celle qui portait mon nom, et c'était justement de celle-là que je voulais m'éloigner. Peut-être nourrissais-je encore quelque vague espoir ? Je me disais que ce voyage la ferait réfléchir : ma présence auprès d'elle m'avait toujours donné tort ; contrairement au proverbe, l'absence me donnerait peut-être raison.

Mon valet de chambre, après avoir fait mes malles, venait de se retirer, et je mettais en ordre quelques papiers, lorsque ma femme me rejoignit.

— C'est donc vrai, fit-elle, on ne m'avait pas trompée, vous partez en voyage ?

— Vous le voyez.

— Sans me prévenir ?

— Je vous aurais dit adieu. Je trouvais inutile de vous émotionner à l'avance.

Elle ne releva pas ce qu'il y avait d'ironique dans mes paroles. Debout près de la cheminée, le coude appuyé sur le marbre, elle me regardait, en silence, faire mes derniers préparatifs de départ. Tout à coup, je l'entendis murmurer ces mots :

— Oui, cela vaut peut-être mieux.

Je déposai le nécessaire de voyage que je tenais en ce moment à la main, et, m'avançant vers elle :

— Vous trouvez que j'ai raison de m'éloigner, lui dis-je. Ma présence vous gênait, n'est-ce pas ?

— Vous vous méprenez sur le sens de mes paroles, fit-elle, avec douceur ; j'avais une autre idée, elle n'avait rien de désobligeant pour vous.

— Espérez-vous donc, repris-je, que ce voyage changera vos dispositions à mon égard ?

Elle ne répondit pas à cette question, trop directe sans doute ; seulement, au bout d'un instant, elle me dit :

— Nous sommes en hiver ; ne craignez-vous pas le froid ?

— Non, je me dirige vers le Midi.

— Quand pensez-vous revenir ? demanda-t-elle.

— Lorsque vous serez pour moi ce que vous devez être.

Je m'attendais à ce qu'elle allait répondre : « Je suis une compagne empressée, une amie fidèle ; j'essaye de vous rendre la vie facile, mon caractère est charmant, mon humeur toujours égale. Qu'avez-vous à me reprocher ? » Et, alors, avant de partir, je me serais donné la douce satisfaction de lui dire : « Je ne vous ai pas épousée pour faire de vous une dame de compagnie et admirer votre caractère. Je rends hommage à vos qualités intellectuelles, mais je ne serais pas fâché de connaître, d'une façon plus intime, vos autres qualités. » Enfin je lui en aurais dit tant et plus, j'aurais éclaté ; cela soulage toujours un peu.

Elle ne m'en fournit pas le prétexte, soit qu'elle redoutât mes discours et craignît une scène, soit qu'elle eût vraiment conscience de ses torts envers moi.

Cependant elle restait dans ma chambre sans essayer de me fuir ; elle suivait, des yeux, tous mes mouvements. Il y avait dans son regard de la sympathie, de la tristesse.

Enfin je dis :

— Il est l'heure de partir.

Je sonnai, fis emporter mes malles et demandai une voiture.

Pendant qu'on exécutait mes ordres, je demeurai seul avec elle.

Nous nous regardions sans proférer un mot ; moi, appuyé contre la bibliothèque, elle toujours debout près de la cheminée, le coude sur le marbre, la tête dans la main.

La voiture qu'on était allé chercher s'arrêta devant la porte ; je fis un pas vers Paule, et je lui dis :

— Adieu.

Elle s'avança vers moi et vint d'elle-même mettre son front à la portée de mes lèvres.

On aurait dit une sœur faisant ses adieux à son frère.

Mais je n'étais pas son frère, je l'adorais, je l'adorais toujours ! Depuis une heure qu'elle était là, dans ma chambre, près de moi, malgré ma froideur apparente, je n'avais cessé de l'admirer, je m'étais cent fois répété : « On n'est pas plus charmante, plus jolie, plus accomplie, plus désirable » et maintenant mes lèvres frémissaient en effleurant son front brûlant ; sur ma poitrine, je sentais par moment le frôlement de sa gorge ; de chauds effluves, s'échappante de tout son être, montaient jusqu'à moi.

Je n'y tins plus. D'un bras, j'enlaçai sa taille en essayant de la courber, tandis que j'appuyais une main sur sa tête et que ma bouche descendait de son front à ses lèvres.

Ah ! si elle eût répondu à cette dernière étreinte, à cette prière désespérée, si ses lèvres se fussent entr'ouvertes pour laisser échapper un soupir, un souffle ; si seulement elle eût essayé de se soustraire à mes baisers, de se défendre, de lutter ! Non : fidèle à ses principles, elle se montra, cette fois encore, ce qu'elle avait toujours été ; sa taille se courba docilement, sa tête s'inclina sous la pression de ma main, sa bouche n'essaya pas de fuir la mienne ; toute sa personne devint insensible, inanimée, inerte ; elle se galvanisa pour ainsi dire. Au lieu d'une femme, j'avais encore, j'avais toujours, un cadavre dans les bras.

Alors toutes mes ardeurs s'éteignirent, et subitement glacé au contact de cette glace, je pris la fuite.

XVII

Le lendemain de ces triste adieux, j'étais à Marseille. Ne vous effrayez pas, mon cher ami, je n'aurai pas la cruauté de vous faire voyager avec moi, et, du reste, le voudrais-je que vous refuseriez probablement de me suivre. Les amoureux sont de tristes compagnons de route : ils soupirent plus souvent qu'ils n'admirent, et j'en ai connus qui, devant des sites merveilleux, ou dans un musée resplendissant de chefs-d'œuvre, ont parfois fermé les yeux pour se mieux recueillir et songer à leurs amours.

A Marseille, je m'embarquai pour l'Italie. Je visitai, ou plutôt je parcourus Rome, Naples, Florence, Venise, Milan, Turin, et, prenant à Gênes la route de la Corniche, je rentrai en France, trois mois après l'avoir quitée.

A Nice, je m'arrêtai ; avant de me diriger vers Paris, je désirais connaitre au juste l'état de mon cœur et consulter un peu celui de Paule. Hélas ! je fus bientôt fixé à l'égard du mien ; cette absence de trois mois, cette course vertigineuse de ville en ville, n'avaient fait qu'en accélérer les battements. Mon imagination qui, déjà, vous le savez, était assez vagabonde à Paris, se livrait maintenant à des ébats désordonnés. J'avais commis une grande faute : lorsqu'on veut se rasséréner, s'apaiser, redevenir maître de soi, on ne se réfugie pas en Italie, cette terre classique des volcans et des musées secrets.

Mais qu'importait cette recrudescence d'ardeurs, si, grâce à mon absence, à l'isolement dans lequel il avait vécu, le cœur de Paule s'était mis à l'unisson du mien ? Que voulez-vous ? mon cher ami, lorsqu'on revient d'Italie, on ne doute de rien. Le printemps avait depuis peu succédé à l'hiver, je comptais sur le soleil d'avril pour dissiper les brouillards qui s'étaient élevés entre ma femme et moi, et fondre les neiges au milieu desquelles, jusque-là, elle avait pris plaisir à vivre. Je me disais : « Tout, en ce moment, autour d'elle, chante l'amour ; elle doit s'être laissé toucher par cette sublime harmonie, et voudra mêler sa voix au grand concert donné par la nature. » Excusez, mon ami, la tournure poétique de cette dernière phrase ; c'est toujours l'Italie qui me travaille.

Je reviens à la prose pour ne plus la quitter ; ce qu'il me reste à vous dire, ou plutôt à vous laisser deviner, ne mérite pas qu'on se mette en frais de style. En face de certaines infamies, il n'est pas permis de se taire ; on doit élever la voix pour les condamner. L'indifférence, le dédain, le silence, les encouragent ; l'ombre, les ténèbres qui les environnent leur font espérer l'impunité ; elles s'étendent, elles grandissent, elles prospèrent, elles portent la honte, le déshonneur autour d'elles. Il faut les combattre à outrance, sans craindre de blesser des oreilles délicates, d'éveiller des idées dangereuses. C'est en ayant de ridicules pudeurs, en ménageant les vices, en négligeant de les flétrir, qu'ils arrivent parfois, à la longue, à passer pour des vertus. Si vous n'osez pas dire à ce bossu : « Tu as une bosse ; » à ce nain : « Tu es difforme, » ce nain et ce bossu vont se croire de beaux hommes. Que de sociétés se sont perdues parce qu'il ne s'est pas trouvé d'hommes assez forts ou assez autorisés pour leur crier : « Prenez garde ! un nouveau vice vient d'éclore, une nouvelle lèpre vous envahit ! » N'étant pas prévenues, elles n'ont pu se défendre, le vice a grandi, la lèpre s'est étendue et a fait de tels ravages, que chacun étant devenu vicieux ou lépreux ne s'est plus aperçu du vice ou de la lèpre de son voisin.

Mais s'il appartient au narrateur ou à l'écrivain de signaler et de stigmatiser certaines corruptions, il doit le faire d'un mot ou d'un trait de plume. Il lui est interdit de se complaire dans de longues descriptions et des peintures trop animées. Voilà, mon cher ami, pourquoi, tout à l'heure, je vous ai dit si prétentieusement que je ne me mettrais plus en frais de style.

Vous n'avez probablement rien compris à cette violente sortie : il est vrai qu'elle était un peu prématurée.

Je reprends mon récit où je l'ai laissé.

En arrivant à Nice, plein d'enthousiasme et d'espérance, j'écrivis à Paule une lettre des plus touchantes ; une de ces lettres si passionnées qu'elles doivent communiquer le feu à tout ce qui les environne, et qu'on est tenté de se demander s'il n'est pas dangereux pour la sûreté publique de les envoyer par la poste.

Au bout de trois jours, je reçus une réponse. Elle m'avait écrit courrier par courrier ; c'était de bon augure.

Je m'enfermai dans ma chambre et je lus avec recueillement : elle ne répondait pas à un mot de ce que je lui disais ; sa lettre n'avait aucun rapport avec la mienne. Elle me donnait des nouvelles de sa santé, qui laissait à désirer, assurait-elle, depuis quelque temps. Elle me parlait de tout ce qu'elle avait fait à Paris pendant l'hiver, des pièces à la mode, des concerts et des soirées qui se préparaient. Je crois qu'elle effleura même une des questions politiques du moment. Elle daignait, en terminant, me transmettre les compliments de sa famille et m'embrasser affectueusement.

Elle avait, il faut lui rendre cette justice, rempli ses quatre pages. J'avais mon compte, je devais être satisfait et je l'aurais été, si, au lieu de jouir du triste privilège d'être son mari, le hasard s'était contenté de me faire son oncle. C'était bien la lettre qu'on écrit en pension à ses grands-parents, sous la surveillance de la sous-maîtresse, et quelquefois sous sa dictée.

Décidément il était inutile, pour le moment, de retourner à Paris ; j'élus domicile à Nice.

L'hôtel que j'habitais, l'*Hôtel des Princes*, je crois, se trouve à une assez grande distance du centre de la ville et de la Promenade des Anglais. Mais il fait face à la mer, et on y jouit d'une vue admirable. Pour moi qui me trouvais un peu fatigué de mon rapide voyage, il avait surtout un précieux avantage : on y jouissait d'une tranquillité parfaite. Une grande dame russe, trop malade pour être bruyante, occupait le premier étage ; au second, apparaissaient, de temps à autre, quelques Anglais d'assez bonne compagnie, et je partageais le troisième, réservé sans doute à la France, avec un de mes compatriotes. C'était un homme d'une quarantaine d'années, grand, un peu maigre, à l'extérieur sympathique, aux manières distinguées.

Dès le lendemain de mon installation à l'hôtel, le hasard m'avait fait son voisin de table pendant le dîner. Nous échangeâmes d'abord quelques mots de politesse, puis nous vînmes à causer de nos voyages ; il arrivait, comme moi, d'Italie, seulement il y était resté deux années, et avant de s'y rendre, il avait parcouru l'Allemagne et une grande partie de la Russie.

Sa conversation était des plus intéressantes : il avait tout vu, tout étudié. Il parlait des souverains étrangers, comme s'il avait été reçu à leur cour et, un instant après, il décrivait les mœurs des paysans du Caucase en homme qui a longtemps vécu parmi eux, pour ainsi dire dans leur intimité.

A propos de mœurs, je me souviens qu'une discussion s'engagea entre nous, dès notre second entretien, tandis qu'après le dîner nous fumions un cigare devant la porte de l'hôtel, le long des Ponchettes.

— De tous les peuples que j'ai eu le loisir d'étudier, me disait mon compagnon, le Français a certainement les mœurs les plus dissolues.

Comme je me récriais :

— Je vous jure, continua-t-il, que chez nous seulement on se laisse entraîner à certains écarts d'imagination et à certaines aberrations. En Allemagne, par exemple, nos raffinements de corruption sont presque inconnus.

— Je conviens avec vous, repris-je, qu'en France, chez le peuple, chez le paysan, les mœurs laissent à désirer, mais dans la société, dans la bourgeoisie…

— Voilà votre erreur, fit-il en m'interrompant. L'habit noir et la robe de soie, ont en quelque sorte, chez nous, le privilège de la dépravation et cela s'explique : ce ne sont pas les sens qui se trouvent en question ici, c'est seulement l'imagination. Le luxe, l'oisiveté, la rêverie, la surexcitent et l'entraînent vers toute espèce d'écarts. Le paysan, l'ouvrier n'ont pas le temps de rêver, en auraient-ils le temps que leur esprit ne s'y prêterait pas ; ils sont trop matériels pour être corrompus, trop naïvement sensuels pour être dissolus. Ils se portent bien, du reste, grâce à l'air qu'ils respirent, aux travaux manuels auxquels ils se livrent, et la corruption est, en général, la conséquence de quelque faiblesse maladive. On devient dissolu comme on devient gourmand, par suite du manque d'appétit. Celui-ci a recours à de nouvelles épices pour pouvoir manger, cet autre perfectionne l'amour pour pouvoir aimer.

Mon compagnon parla longtemps sur cette matière et je l'écoutai avec attention. J'avais beaucoup à apprendre d'un tel maître et surtout d'un tel observateur. Je vous l'ai souvent dit, mon cher ami, dans le cours de ce récit, et du reste vous vous en êtes suffisamment aperçu, malgré mes trente ans passés, j'étais resté un naïf, un pur, pourrais-je dire, si le mot n'était pas, de nos jours, appliqué à la politique. Ma première jeunesse surveillée par une mère des plus rigoristes, les grands travaux auxquels je m'étais livré depuis, certaines dispositions pudibondes qui m'avaient éloigné des camaraderies dangereuses et des plaisirs faciles, vous ont suffisamment expliqué cette pureté relative de mon esprit. Mon imagination n'était jamais allée au delà de certaines limites, c'est à peine s'il lui fut permis de les franchir, malgré l'expérience que mon interlocuteur mettait à mon service. En homme de bonne compagnie, il parlait, il est vrai, à mots couverts, et ses discours étaient pleins de délicates réticences.

XVIII

Pendant plusieurs jours, nous conversâmes de la sorte sur d'autres sujets que je connaissais mieux, et que je pus traiter de façon à intéresser mon voisin de chambre. Nous ne nous quittions presque plus : à dix heures, le déjeuner nous réunissait ; nous allions ensuite faire un tour de promenade sur la route de Villefranche ; vers trois heures, nous nous retrouvions à la musique, dans l'espèce de square où la société niçoise se donne rendez-vous ; le dîner nous mettait encore à côté l'un de l'autre, et, dans la soirée, il nous arrivait souvent de nous revoir, au Cercle des Etrangers, dans la salle de lecture, ou dans la salle de jeu.

Malgré cette sorte d'intimité, le croiriez-vous ? j'ignorrais encore le nom de mon compagnon. A plusieurs reprises je l'avais entendu appeler Monsieur le comte par le maître de l'hôtel ou les garçons ; mais, avec cette insouciance du voyageur qui sait que les relations les plus charmantes n'auront pas de durée, j'avais négligé de demander de quel nom était suivi ce titre.

Un matin, je fus tout à coup éclairé à ce sujet, et vous vous expliquerez facilement ma surprise.

Je m'étais levé avec l'idée présomptueuse que la poste m'apporterait, ce jour-là, des nouvelles de Paule. L'heure de la distribution arriva, et comme personne ne paraissait songer à me monter ma lettre, je me dis qu'elle devait avoir été déposée dans la boîte vitrée destinée à la correspondance des voyageurs et je descendis au bureau.

Naturellement, je ne trouvai aucune missive de ma femme, et j'étais en train de me reprocher mon ingénuité, lorsque mon regard se dirigea vers une grande enveloppe sur laquelle je lus cette suscription :

M. le comte de Blangy
Hôtel des Princes
NICE

Ce nom de Blangy qui appartenait à la meilleure amie de ma femme ne pouvait manquer de fixer mon attention ; en même temps, un rapprochement se fit dans mon esprit entre ces mots : « Monsieur le comte, » que je voyais inscrits sur l'enveloppe, et le titre donné par les gens de l'hôtel à mon voisin de chambre.

S'appellerait-il de Blangy ? me dis-je. Je ne tardai pas à être fixé à cet égard par le maître de la maison, qui prit la lettre sous mes yeux et la remit à un de ses garçons pour la monter au numéro 27. C'était la chambre habitée par mon voisin.

Alors, je me demandai, comme vous le pensez bien, si ce de Blangy était parent de la comtesse.

L'orthographe des noms, en tous points semblables, ces titres qu'ils portaient tous les deux, diverses particularités qui me revinrent à l'esprit, des remarques faites précédemment sur les habitudes et le caractère de mon compagnon, vinrent bientôt m'éclairer. Suivant toutes probabilités, je m'étais lié, sans m'en douter, depuis mon arrivée à Nice, avec le mari de l'amie de Paule.

Ne disait-on pas dans le monde qu'il voyageait depuis trois ans à l'étranger, et mon compagnon ne m'avait-il pas avoué, la veille, le plaisir qu'il avait éprouvé de revoir la France, après trois années d'absence ?

Quoiqu'il parlât très rarement de lui, ne s'était-il pas oublié jusqu'à me dire : « Lorsque j'étais dans la diplomatie », et ne savais-je pas que, peu après son mariage, le comte avait remis sa démission entre les mains du ministre des affaires étrangères ?

Enfin, sa façon de parler des femmes et le peu de respect qu'elles paraissaient lui inspirer, établissaient son identité. C'était bien là le langage de l'homme qui, par légèreté, par amour du changement, s'était si mal conduit vis-à-vis de cette pauvre Mme de Blangy et en avait fait une veuve lorsqu'elle était à peine mariée. Décidément, pour ma première liaison contractée en voyage, je n'avais pas eu la main heureuse.

Mais je ne tardai pas à m'avouer que la conduite du comte à l'égard de sa femme ne me regardait pas. Le hasard m'avait donné un fort agréable compagnon, je devais m'en réjouir et profiter de ma découverte et des attaches qui existaient entre nous, pour resserrer nos relations.

« Dans une heure à peine, pensai-je, en me promenant devant l'hôtel, le déjeuner nous réunira et je m'empresserai de dire gracieusement à mon voisin de table : « Si ma bonne étoile ne m'avait pas fait vous rencontrer à Nice, j'aurais eu certainement le plaisir de vous connaître, cet hiver, à Paris ; votre femme et la mienne sont amies intimes. »

Je m'étais déjà répété deux fois cette phrase ; je m'étudiais à l'arrondir, à la polir, lorsque tout à coup je me frappai le front, en m'écriant : « Mais ton idée est absurde ! Crois-tu donc qu'il soit agréable à M. de Blangy, d'entendre parler de sa femme ? Il l'a quittée, il l'a abandonnée, et tu vas lui rappeler ses torts ! Il s'applique à oublier qu'il est marié, de quel droit l'en ferais-tu souvenir ? »

Oui, il était de bon goût de me taire ; les plus simples convenances me l'ordonnaient. Mais depuis trois mois, je n'avais parlé de Paule avec âme qui vive, je n'avais pas une seule fois prononcé son nom, une occasion unique se présentait de m'occuper quelques instants de celle qui me tenait tant au cœur, et j'étais trop amoureux pour ne pas, au mépris de toutes les convenances, céder à la tentation.

J'y résistai deux jours, cependant ; je crois même que j'aurais résisté plus longtemps, s'il était venu, en ce moment, à la pensée de Paule de m'écrire. Je lui aurais répondu, je me serais entretenu avec elle et j'aurais ainsi trouvé la force de ne pas parler d'elle. Mais rien, aucune lettre, aucun mot ; silence complet, mutisme absolu. Alors, mon cher ami, je fus indiscret et ridicule. Vous allez bien le voir.

M. de Blangy et moi, nous sortions du Cercle des Etrangers et nous rentrions à l'hôtel pour dîner, lorsque après m'être demandé de quelle façon j'entamerais l'entretien dont je ne pouvais plus me défendre, je me décidai brusquement à dire :

— Tout à l'heure, pendant que vous lisiez les journaux, je me suis amusé à parcourir les registres où s'inscrivent les membres du cercle et un nom m'a frappé.

— Lequel ?

— Celui de M. de Blangy ; le comte est donc à Nice ?

Il me regarda d'un air étonné et me dit :

— Vous ne le saviez pas ?

— Pas le moins du monde. Je connais beaucoup M. de Blangy de réputation, mais je ne me suis jamais trouvé avec lui.

— En êtes-vous sûr ? fit en souriant mon interlocuteur, sans se douter de ce qui l'attendait.

— J'en suis certain.

— Eh bien ! permettez-moi de vous dire que vous vous trompez : vous ne le quittez pas depuis une semaine et il s'en félicite sincèrement.

Et, comme pour être fidèle à mon rôle, je continuais à jouer l'étonnement, il ajouta :

— C'est moi qui suis le comte de Blangy, je croyais que vous le saviez.

— Je ne m'en doutais pas. Je ne savais qu'une chose, c'est que ma bonne étoile m'avait donné pour compagnon un homme du meilleur monde, un homme d'esprit : cela me suffisait, et je n'ai pas cherché à savoir son nom.

— Nous avons eu le tort, fit le comte, de ne pas nous présenter l'un à l'autre, mais nous pouvons le réparer.

Et, s'arrêtant sur le trottoir :

— J'ai l'honneur, continua-t-il avec beaucoup de bonne humeur, de vous présenter M. de Blangy.

Je me présentai à mon tour. Mon nom, que le hasard lui avait déjà sans doute appris, ne lui rappelait aucun souvenir. C'était tout simple : à l'époque de mon mariage, il avait déjà quitté sa femme et n'entretenait aucune relation avec elle.

Nous venions de reprendre notre marche, le comte me dit :

— Vous assuriez tout à l'heure beaucoup me connaître de nom, comment cela se fait-il ?

Je m'attendais à cette question ; elle était des plus naturelles, et c'était moi qui l'avais provoquée. Cependant, elle me troubla. Je sentais que j'allais commettre une maladresse. Mais je m'étais trop avancé pour reculer :

— J'ai souvent entendu parler de vous, répondis-je, par ma femme.

Je trouvais plus délicat de lui parler de ma femme que de la sienne.

— Ah ! votre femme me connaît !

— Elle vous a rencontré dans le monde avant son mariage.

— Vraiment ! Quel était donc son nom de demoiselle ?

— Paule Giraud.

A peine eus-je prononcé ce nom que je vis le comte pâlir et chanceler.

Mais avant que je n'eusse fait un mouvement vers lui, il s'était déjà remis et me disait froidement :

— Ah ! vous avez épousé Mlle Paule Giraud. En effet, je l'ai souvent rencontrée dans le monde, c'est une très jolie personne.

C'était bien mon avis, je n'avais rien à répondre.

Nous marchâmes quelque temps en silence ; tout à coup M. de Blangy parut faire un violent effort sur lui-même, s'arrêta et me dit :

— Votre femme voit-elle toujours la mienne ?

— Sans doute, répondis-je ; elles sont inséparables.

Il jeta sur moi un regard que je me rappellerai toute ma vie ; on aurait dit qu'il voulait pénétrer dans ma pensée, lire dans mon âme. Puis il détourna la tête et, comme nous venions d'arriver devant l'hôtel, il me quitta brusquement, sans dire un mot, prit la clef de sa chambre et disparut.

Une heure après on se mettait à table ; le comte ne parut pas au dîner.

XIX

Le lendemain je ne le vis pas de la journée.

Le surlendemain, nous nous rencontrâmes sur la promenade des Anglais ; au lieu de venir à moi, comme il se fût empressé de le faire deux jours auparavant, il se contenta de me tirer son chapeau.

Ce salut ne pouvait me suffire. J'étais en droit de m'étonner et de me formaliser d'un changement aussi brusque dans ses manières. Entre gens du monde, le passé engage l'avenir et, du jour au lendemain, un coup de chapeau ne remplace pas une poignée de main. Si j'avais démérité aux yeux de M. de Blangy, il m'en devait dire la raison et j'étais en droit de la lui demander.

Il était évident que je lui avais déplu en lui parlant de sa femme ; mais sa réserve à mon égard qui, vu nos anciennes relations, frisait presque l'impertinence, n'était pas suffisamment justifiée par mon indiscrétion.

Enfin, le ton avec lequel il avait prononcé ces mots : « Ah ! vous avez épousé Mlle Giraud, » m'avait frappé.

Ce n'était pas une exclamation qui lui était échappée. J'avais cru démêler dans son accent de l'ironie, de la stupeur. Existait-il donc un secret entre ma femme et le comte ? Avait-il percé un mystère que je n'avais pu découvrir ?

Paule s'était conduite envers moi d'une si étrange façon, elle m'avait fait une position si fausse que j'étais en droit de tout soupçonner, de tout craindre.

Je ne tardai pas à prendre mon parti : je verrais le comte au plus vite, j'aurais une franche explication avec lui.

Nous nous étions croisés, comme je l'ai dit, sur la promenade des Anglais, sans échanger un mot. Après avoir fait quelques pas et pris la résolution que je viens de vous dire, je me retournai. M. de Blangy semblait se diriger vers l'hôtel des Princes, par le chemin qui borde la mer, le long des Ponchettes. Je le suivis de loin. Lorsqu'il fut entré à l'hôtel, je lui laissai le temps de remonter dans sa chambre et de s'y installer. Puis, je montai à mon tour et frappai à la porte.

— Entrez, dit une voix.

La clef était sur la porte, j'ouvris.

— Ah ! c'est vous, monsieur, fit le comte, sans pouvoir cacher un mouvement de dépit.

— Oui, monsieur, c'est moi, répondis-je. Je suis désolé de troubler votre solitude, mais il est nécessaire que je puisse avoir un instant d'entretien avec vous. Vous ne descendez plus à la table d'hôte et vous paraissez désirer vous promener seul, aussi ai-je été obligé de commettre l'indiscrétion de venir frapper à votre porte.

— Je suis à vos ordres, monsieur. Veuillez prendre la peine de vous asseoir.

Il me présenta un fauteuil, s'assit en face de moi et parut attendre que je lui expliquasse le but de ma visite.

— Monsieur, repris-je, d'une voix que j'essayai de rendre ferme et qui devait être très émue, je me félicitais des bons rapports que j'avais avec vous, depuis le jour où nous nous sommes rencontrés dans cet hôtel, lorsque tout à coup ces rapports ont cessé. J'ignore les raisons qui ont pu vous faire passer brusquement d'une grande amabilité à une entière réserve, et je viens franchement vous les demander.

— La réserve à laquelle vous faites allusion, monsieur, répondit le comte, n'a rien qui vous soit personnel. Je vous prierai de vouloir bien l'attribuer à des préoccupations graves qui m'ont tout à coup assailli.

— S'il s'agissait seulement, répliquai-je, de cicatriser une blessure faite à mon amour-propre, je pourrais me contenter de cette réponse ; elle est des plus convenables, je le reconnais. Mais mon amour-propre n'est pas engagé ici. Permettez-moi de faire appel à vos souvenirs. Nous avions passé la plus grande partie de la journée ensemble, nous causions amicalement, nous venions même de nous présenter l'un à l'autre, afin de cimenter, en quelque sorte, notre liaison, lorsqu'il m'est arrivé de prononcer le nom de demoiselle de ma femme ; aussitôt, votre voix, votre regard, vos manières, se sont pour ainsi dire métamorphosés : devant la porte de l'hôtel, vous avez pris congé de moi avec une brusquerie à laquelle vous ne m'aviez pas habitué ; depuis, vous ne m'avez plus adressé la parole. Veuillez vous mettre un instant à ma place. Ne vous diriez-vous pas : il y a là évidemment quelque mystère, quelque secret qu'il m'importe de connaître ?

— Il n'y a, monsieur, ni mystère, ni secret.

— M'en donnez-vous votre parole ? demandai-je.

— Mais...

— Vous hésitez ? Cela me suffit. Je ne m'étais pas trompé.

M. de Blangy voulut protester contre cette façon un peu vive d'interpréter son hésitation ; je ne lui en laissai pas le temps.

— Vous convient-il, monsieur, repris-je, de satisfaire une curiosité bien légitime et de m'aider à percer le mystère en question ?

— Eh ! monsieur, s'écria le comte en se levant, je vous répète qu'il n'y a là aucun mystère.

— Remarquez, dis-je en insistant, que je suis venu vous trouver afin d'avoir avec vous une explication des plus pacifiques et des plus courtoises. En ce moment, c'est une prière que je vous adresse, pas autre chose, et pour que vous y accédiez, je fais appel à nos anciens rapports, à nos bonnes causeries, à la sympathie que nous paraissions avoir l'un pour l'autre.

Il semblait ému. Je crus qu'il allait céder à mes instances. Tout à coup il s'écria :

— Non, non, je n'ai rien à dire.

— C'est votre dernier mot ?

— Oui, c'est mon dernier mot.

— Vous avez tort, monsieur, fis-je avec fermeté.

Il releva la tête fièrement et dit :

— Pourquoi ?

— Oh ! m'écriai-je, parce que je suis dans une de ces positions où l'on n'a rien à ménager, où l'on ne ménage rien, où l'on est prêt à tout, décidé à tout.

Il me regarda d'un air plus étonné qu'irrité, et s'avançant vers moi :

— Prenez garde, fit-il, vous m'avez assuré être entré ici avec des intentions pacifiques ; depuis un instant vos paroles, votre ton sont presque menaçants.

— Je ne menace pas. Je prie avec animation, avec vivacité, un honnête homme de s'expliquer franchement avec un autre honnête homme. Par votre faute, monsieur le comte, car cette scène n'aurait pas lieu, si vous aviez été, l'autre jour, plus maître de vous, si vous aviez pu me cacher vos impressions ; par votre faute, dis-je, je suis peut-être sur la trace d'un secret que je cherche depuis longtemps. Eh bien ! je veux connaître ce secret, je le veux !

Au lieu de relever ce qu'il pouvait y avoir de blessant pour lui dans cette façon d'exprimer aussi nettement ma volonté, le comte se contenta de dire :

— Ah ! vous recherchez depuis longtemps un secret ?

— Oui, m'écriai-je, en perdant tout à fait la tête, un secret d'où dépend mon bonheur. Ma vie s'use à vouloir le trouver, je suis le plus malheureux des êtres... Et vous, monsieur, qui pourriez d'un mot faire cesser ma souffrance, oui, tout me le dit depuis que je suis entré ici, depuis que je vous parle, vous qui pourriez me rendre le repos, vous refusez de vous expliquer. Ah ! c'est mal ! et je vous le répète, vous avez tort de traiter en ennemi, un homme réduit, comme moi, au désespoir. Il ne tient pas à la vie, elle lui est à charge et...

— Et vous l'exposeriez volontiers dans un duel.

— Oh ! oui, m'écriai-je.

Il fit un pas vers moi et dit :

— De sorte que nous nous battrions, tous deux, à cause de votre femme, n'est-ce pas ?

— Ma femme !

— Sans doute, reprit-il en s'animant à son tour. Si vous êtes malheureux, si vous ne tenez pas à la vie, n'est-ce pas à cause d'elle ? Croyez-vous que je ne vous ai pas deviné ? Eh ! monsieur, si vous avez épousé Mlle Paule Giraud, moi j'ai épousé son amie. Si vous voyagez, depuis trois mois, loin de votre femme, je voyage depuis plusieurs années loin de la mienne !

Il se tut, sembla réfléchir et reprit d'une voix plus calme :

— Votre démarche auprès de moi, la sincérité que je lis dans vos yeux, les demi-confidences qui vous sont échappées, l'aveu de vos chagrins, sont, pour moi, autant de preuves que je me trouve en face d'un galant homme. Un instant, j'ai pu douter de vous, vous saurez plus tard pourquoi, je vous en fais mes plus sincères excuses.

Je m'inclinai en silence, il continua :

— Je dois, prétendez-vous, connaître un secret qui vous intéresse. Soit ! je n'en disconviens pas. Mais ma conscience me défend de vous le livrer, si je n'y suis, en quelque sorte, provoqué par vous. Vous faisiez, tout à l'heure, allusion aux chagrins que vous éprouvez, il m'importe d'en connaître au juste la nature. Ils n'ont peut-être aucun rapport avec le secret en question, et alors, je le tairai, je vous en préviens ; ni vos prières, ni vos menaces, sachez-le bien, ne pourront me l'arracher. Si, au contraire, en le dévoilant, je puis apporter un soulagement à vos peines, vous donner un avertissement et un conseil, je vous engage ma parole que je m'expliquerai de la façon la plus précise. C'est donc à vous de décider, monsieur, si vous me croyez digne d'entendre vos confidences. Vos secrets en échange du mien, si toutefois, je le répète, il est utile que vous le sachiez. Voilà mon dernier mot.

La question ainsi posée, pouvais-je hésiter ? Celui qu'il s'agissait d'initier à ma vie, n'était-il pas, après tout, le mari de la meilleure amie de ma femme, de celle qui, depuis longtemps, devait être la confidente de ses plus intimes pensées ? Mme de Blangy n'était peut-être pas seule à connaître les motifs de l'étrange conduite de Paule à mon égard ; le comte les avait sans doute aussi devinés. Avant de se séparer de sa femme, n'avait-il pas reçu chez lui et vu dans l'intimité Mlle Giraud ? Quoi d'étonnant qu'il fût au courant de particularités ignorées de moi ? Le hasard me mettait en présence de la seule personne qui pût me les faire connaître, et, retenu par une fausse honte, par une délicatesse exagérée, je me refuserais à des confidences nécessaires, sollicitées en quelque sorte ?

Non ; je parlai. Je parlai, comme je vous parle à vous, mon cher ami, en toute sincérité. Je dis au comte les tristes péripéties de ma campagne amoureuse, je ne lui fis grâce d'aucun détail.

Il m'écoutait en silence, grave et recueilli ; on aurait pu croire que mon histoire était la sienne, que mes aventures lui étaient arrivées tant il semblait s'y s'intéresser. « Oui, c'est bien cela. Je la reconnais ! Toujours la même ! » telles furent les seules exclamations qui parfois interrompirent mes confidences.

Je venais de lui dire comment la curiosité et la jalousie m'avaient conduit à suivre ma femme rue Laffitte, et j'en étais arrivé au moment où, la voyant tout à coup sortir de l'appartement que je surveillais, je m'élançai vers la porte, je la repoussai et je me trouvai en face de…

— De Mme de Blangy, s'écria le comte.

— Comment ! vous avez deviné ? fis-je étonné.

— Si j'ai deviné ! Ce qui me surprend, ajouta-t-il, c'est que vous ayez éprouvé la moindre surprise à ce sujet.

Quoi ! vous aviez visité, la veille, ce logement de la rue Laffitte et vous conceviez des doutes ?

— Mais, répondis-je naïvement, il ne pouvait pas me venir à l'idée que ces dames eussent loué ce logement pour s'y rencontrer et s'y faire visite.

Le comte fronça le sourcil et me regarda. Il m'avoua depuis qu'en ce moment, il m'avait soupçonné de me moquer de lui. Mon air innocent, l'honnêteté de ma physionomie le rassurèrent.

— Veuillez continuer, me dit-il.

— Je n'ai plus rien d'intéressant à vous apprendre, répondis-je. Mme de Blangy me pria d'entrer dans son logement de garçon, comme elle l'appelait ; Paule nous suivit, et ces dames m'expliquèrent comment, à la suite de la défense que je leur avais faite de se voir chez elles, elles en avaient été réduites à se donner rendez-vous rue Laffitte.

— Et, s'écria le comte, vous n'avez pas protesté, vous ne vous êtes pas indigné !

— Mon Dieu ! fis-je, en revoyant son amie, ma femme était coupable, en effet, d'avoir méconnu mon autorité ; mais, depuis trois jours, je la soupçonnais de fautes si graves que je ne songeai même pas à me plaindre d'une simple désobéissance. Veuillez y réfléchir, monsieur, je croyais rencontrer un rival, un amant, et j'avais la bonne fortune de me trouver en face d'une femme charmante et du meilleur monde.

M. de Blangy s'avança vers moi et me dit :

— Voyons, parlez-vous sérieusement ?

— Certainement.

— Vous vous êtes félicité d'avoir trouvé votre femme avec la mienne dans cet appartement de la rue Laffitte ?

— Je ne m'en suis pas félicité, j'ai préféré cette découverte à celle que je craignais de faire.

— Eh bien ! monsieur, s'écria le comte, je ne partage pas votre avis : j'aurais préféré de me pouvoir venger.

— La vengeance, répliquai-je, a certainement du bon, et j'y ai plus d'une fois songé, je vous le jure. Mais il est plus agréable, vous en conviendrez, de se dire : « Je me croyais trompé, je ne le suis pas, ma femme n'est pas coupable. »

Ces derniers mots, prononcés le plus innocemment du monde, furent une révélation pour M. de Blangy. Il ne pouvait plus douter de ma parfaite candeur.

XX

Elle était si complète que le comte eut beaucoup de peine à m'ouvrir l'esprit. Ma conscience, qui se révoltait, m'empêcha, pendant un certain temps, d'ajouter foi à ce que j'entendais. Il existe, mon cher ami, des cerveaux ainsi faits, que certaines pensées ne sauraient y entrer et surtout s'y graver. Malgré mon honnêteté native qui m'avait toujours éloigné des confidences malsaines ; malgré une existence exceptionnelle qui m'avait mis à l'abri de tout spectacle dangereux, je n'étais pas sans avoir quelques vagues données sur toutes nos misères ; mais j'avais cru de bonne foi que la naissance et l'éducation avaient élevé une barrière infranchissable entre certaines classes de la société et de telles misères.

M. de Blangy reconnaissait qu'elles n'existaient dans le monde et la bourgeoisie qu'à l'état d'exception, mais je me refusais à croire à cette exception.

Il fallut cependant me rendre à l'évidence.

Séduit par l'éclatante beauté de l'amie de Paule, par son esprit et son originalité, le comte avait fait, comme moi, un mariage d'inclination. Mais il était moins coupable que je ne l'avais été : loin d'imiter la franchise de Mlle Giraud, la fiancée de M. de Blangy se garda bien de l'éloigner du mariage : elle mit en œuvre, au contraire, toutes les séductions dont la nature l'avait douée pour l'engager à lui donner son nom et sa fortune. Il est vrai (on doit lui rendre cette justice), qu'elle ne se conduisit pas absolument avec M. de Blangy, comme Paule se conduisit avec moi : elle ne mit aucun verrou à sa porte et ne parut pas avoir prononcé des vœux de chasteté. Le comte eut sur moi une supériorité incontestable : il fut le mari de sa femme. Mais il ne tarda pas à s'apercevoir de sa froideur, de l'éloignement qu'elle avait pour lui, de la répugnance qu'elle éprouvait à remplir ses devoirs d'épouse. Elle apportait dans leurs rapports une réserve, une si complète indifférence, que M. de Blangy, habitué, avant son mariage, à trouver chez les femmes plus de bonne grâce et d'abandon, s'alarma sérieusement. Comme je me l'étais demandé, un jour il se demanda si Mme de

Blangy ne faisait pas, dans le domicile conjugal, des économies de tendresse, pour se livrer au dehors à des prodigalités coupables. Il la suivit, la vit pénétrer dans un rez-de-chaussée de la rue Louis-le-Grand, soudoya le concierge, parvint à se cacher dans l'appartement, et, plus habile que moi, put entendre la conversation de sa femme et de celle qui était, hélas ! destinée à devenir plus tard la mienne.

Ce qui se dit dans cet entretien, où le mariage fut effrontément battu en brèche, chatouilla si désagréablement les oreilles du comte, qu'il ne se gêna pas pour intervenir.

Il apparut au moment où l'on disait le plus de mal de lui. Paule, en sa qualité de jeune fille, rougit, pâlit, et finit par avoir une attaque de nerfs. Quant à la comtesse, elle paya d'audace : elle ne rétracta rien de ce que venait d'entendre M. de Blangy, et poussa l'effronterie jusqu'à se glorifier, en quelque sorte, de ses idées subversives.

Le comte, durant la vie assez dissipée qu'il avait menée avant son mariage, avait parfois entendu soutenir d'étranges théories, et cependant il restait confondu, anéanti. L'indignation avait fait place à la stupeur, la colère au mépris ; il ne savait que répondre, il n'avait plus de force pour punir.

Punir ! Comment l'aurait-il pu ?

— La justice, me dit-il, m'aurait évidemment refusé son concours ; le législateur n'a pas prévu certaines fautes et l'impunité leur est acquise. C'est à peine si j'aurais obtenu des tribunaux une séparation : les torts de Mme de Blangy envers moi étaient d'une telle nature que les juges se refusent souvent à les admettre, pour n'avoir pas à les flétrir. Du reste, quelle preuve aurais-je donnée de ces torts ? quel témoignage aurais-je invoqué ? Celui de Mlle Paule Giraud ? Elle eût été trop intéressée dans le débat pour que sa parole fût prise en considération ; puis elle serait morte plutôt que de compromettre son amie. Je la connais bien, allez ! C'est une créature indomptable que ma femme seule a eu la science de dominer. Fallait-il donc agir moi-même ? Ah ! monsieur, les gens du monde, dans des cas semblables, ne disposent d'aucune ressource. La brutalité, la violence leur répugnent. Ils reculent devant le bruit qui se fera autour de leur nom ; ils craignent le ridicule. Comment ne m'aurait-il pas atteint ? J'ai vu mes compagnons de club poursuivre de leurs railleries de pauvres maris trompés dans les conditions ordinaires ; aurais-je trouvé grâce à leurs yeux, à cause de la position singulière et tout exceptionnelle où j'étais placé ? Non, ils auraient ri de moi, sans même songer à blâmer Mme de Blangy. Dans la société parisienne du dix-neuvième siècle, on se plaît, par légèreté et par amour du paradoxe, à bafouer les victimes, à innocenter les coupables. C'est ainsi que des vices de toutes sortes, certains de l'impunité, certains même d'être souvent protégés, s'infiltrent peu à peu dans nos mœurs.

J'avoue, mon cher ami, que j'écoutais à peine, en ce moment, les récriminations de M. de Blangy contre la société moderne. Les confidences qu'il venait de me faire m'occupaient seules.

— Enfin, m'écriai-je, dans un moment de lucidité, vous leur avez, au moins, défendu de se revoir. Vous avez essayé de les éloigner l'une de l'autre ?

— Certainement, je l'ai essayé, s'écria M. de Blangy, mais croyez-vous qu'un homme qui se respecte puisse se faire longtemps l'espion et le geôlier de sa femme ? Cette surveillance de tous les instants fatigue, écœure, use, à la longue, la volonté la plus ferme, l'énergie la mieux trempée.

— Qui vous empêchait, répliquai-je, d'obliger votre femme à vous suivre en voyage ? A l'étranger, cette surveillance devenait inutile.

— Erreur ! Le jour où je l'aurais laissée seule, un instant, à l'hôtel, elle se serait élancée, comme une flèche, dans le premier convoi marchant vers Paris et n'aurait pas tardé à rejoindre son inséparable amie.

— Mais si, m'écriai-je avec force, Mme de Blangy avait su ne pas devoir trouver cette amie à Paris ; si, pendant que vous entraîniez votre femme en voyage, Mlle Giraud avait été elle-même brusquement arrachée de la rue Caumartin ; si, pendant que vous dirigiez l'une vers l'Amérique, par exemple, on avait dirigé l'autre vers la Russie, sans les prévenir, sans leur faire part de l'itinéraire qu'on devait suivre, où se seraient-elles retrouvées, à quelle époque se seraient-elles revues ?

Je m'arrêtai pour jouir de l'effet que mon idée devait avoir produit sur le comte.

— Qui donc, me dit-il, aurait eu la volonté et le pouvoir d'arracher Mlle Giraud de Paris, et de lui faire parcourir le monde contre son agrément, pendant un temps illimité ? Ni son père ni sa mère assurément.

Pénétré de mon sujet, je l'interrompis, en m'écriant :

— Eh ! monsieur le comte, je ne parle pas de ce que vous auriez pu faire autrefois, mais bien de ce que vous pourriez faire aujourd'hui. Si le Code ordonne à Mme de Blangy de vous suivre où il vous plaît de la conduire, s'il vous offre les moyens de l'y contraindre, ne me donne-t-il pas à moi, qui suis marié comme vous, les mêmes droits sur Mlle Giraud ? Il ne s'agit plus d'une jeune fille mineure dépendant de sa famille, mais d'une femme mariée ne dépendant que de moi. Rien ne nous empêche, continuai-je avec animation, de partir ce soir ou demain pour Paris ; nous descendons à l'hôtel afin de cacher notre arrivée ; nous faisons à la hâte et secrètement les préparatifs d'un long voyage ; nous vendons, s'il le faut, des valeurs, afin de n'être pas arrêtés, en route, par une misérable question d'argent ; au besoin, nous nous rendons au parquet et nous obtenons une audience du procureur impérial, qui nous donne les moyens légaux d'être obéis de nos femmes. Oh ! monsieur, il ne s'agit plus de faire de la délicatesse et du sentiment. La loi nous protège, servons-nous de la loi !… Les préparatifs sont terminés, toutes les formalités remplies, alors, nous nous serrons la main en nous disant adieu. Deux voitures nous conduisent rue Caumartin ; l'une s'arrête à votre porte, l'autre à la mienne. Nous montons, et sans donner à ces dames le temps de se voir, de s'écrire, d'échanger un signe, nous les entraînons. Elles résisteront peut-être ; eh bien, monsieur, ne sommes-nous pas résolus à tout, n'avons-nous pas tout prévu ? Nous employons au besoin la force pour les contraindre à nous suivre, et, le lendemain de notre irruption dans nos domiciles respectifs, emportés par deux express marchant en sens contraire, nous nous trouvons à plus de deux cents lieues l'un de l'autre... Que dites-vous de ce projet ?

— Il pourrait réussir.

— N'est-ce pas ?

— Mais, reprit le comte, après un instant de réflexion, si vous êtes séparé de votre femme, mon cher monsieur, depuis quatre mois à peine, je suis séparé de la mienne depuis plus de trois ans. Le malheur qui vous frappe est tout récent, vos blessures sont encore ouvertes, les miennes se sont fermées depuis longtemps. Autrefois j'aurais accepté peut-être avec enthousiasme votre proposition ; aujourd'hui, je la refuse parce que je n'aime plus.

— Vous n'aimez plus ! m'écriai-je. Alors, pourquoi persistez-vous dans votre exil volontaire, pourquoi n'êtes-vous pas depuis longtemps retourné à Paris où tout vous rappelait, vos goûts, vos habitudes, votre carrière, vos relations ? Pourquoi végéter ici lorsque vous pouvez vivre là-bas ?

Il baissa la tête et ne répondit pas. Enhardi par ce premier succès, je continuai en ces termes :

— Soit ! J'y consens, vous n'aimez plus. Le mépris a tué notre amour à tous deux. Nos femmes nous sont devenues absolument indifférentes. Elles ne méritent pas la peine que nous nous donnerons pour les reconquérir. Mais la morale, monsieur, la morale que vous invoquiez tout à l'heure ! Vous flétrissiez avec indignation les gens qui ne savent pas condamner et punir certaines erreurs. Cependant, ceux dont vous parliez n'étaient pas intéressés, comme nous le sommes, à la répression. Réserverez-vous toutes vos colères pour les autres, et vous accorderez-vous des indulgences plénières ? Non, monsieur, non, nous devons à la société, nous nous devons à nous-mêmes de faire justice de coupables égarements !

Je parlai longtemps ainsi. Ah ! mon cher ami, je n'étais plus le jeune marié que vous avez connu, plein de délicatesse, de réserve, innocent et pudique, passant sa vie à vouloir deviner une indéchiffrable énigme. La lumière avait lui ! Je savais, je voyais et je voulais !

XXI

Trois jours après cette conversation, j'arrivais à Paris, en compagnie du comte et je descendais dans un hôtel de la rue du Bac. Nous avions trouvé prudent de mettre la Seine entre nos femmes et nous pour ne pas être exposés au hasard d'une rencontre. Toutes nos courses devaient se faire en voiture et nous étions résolus à implorer la discrétion des personnes que nous serions dans la nécessité de voir.

Nous déployâmes tant d'activité l'un et l'autre dans nos achats, nos déplacements de fonds et nos différentes démarches, que quarante-huit heures après notre arrivée à Paris, nous étions prêts à repartir et en mesure de contraindre nos femmes à nous suivre.

— Est-ce pour ce soir ? demandai-je au comte, en le rejoignant vers les quatre heures de l'après-midi à l'hôtel.

— Ce soir, je le veux bien. Rien ne nous retient plus et j'ai hâte d'en finir. Quelle route comptez-vous prendre pour que j'en choisisse une autre ? C'est un point important à débattre.

— Veuillez fixer votre itinéraire, je réglerai le mien d'après le vôtre.

— Si vous n'y voyez pas d'obstacles, répondit M. de Blangy, je me dirigerai vers le nord : j'irai droit devant moi, sans pouvoir vous préciser les points où je m'arrêterai.

— Je n'ai pas besoin de les connaître. Vous avez choisi le nord. Je choisis le midi. Je prendrai, ce soir même, l'express de Marseille, ou celui de Bordeaux, peu importe.

— Il faut alors arriver à une de ces deux gares vers huit heures.

— J'y arriverai.

— Dans ce cas, il ne nous reste plus qu'à nous dire adieu, à nous souhaiter bonne chance et à nous diriger vers la rue Caumartin.

— C'est mon avis.

Nous fîmes aussitôt avancer deux voitures, on y descendit nos malles et nous prîmes congé l'un de l'autre.

Nous nous serrâmes la main avec chaleur ; nous avions appris depuis plusieurs jours à nous aimer et à nous estimer.

A six heures de l'après-midi, ma voiture s'arrêta rue Caumartin, devant ma demeure. Je descendis aussitôt et, sans demander de renseignements au concierge, je gravis l'escalier, j'ouvris la porte de mon appartement dont j'avais conservé une clef et j'entrai dans le salon.

Mon cœur battait à se briser, mais j'étais calme en apparence et résolu.

Paule, assise dans un fauteuil, un livre sur ses genoux, poussa un cri de surprise en m'apercevant, se leva et vint à ma rencontre, en me tendant la main.

Je n'avançai pas la mienne.

— Tiens ! fit-elle avec étonnement, après quatre mois de séparation, vous ne me dites pas bonjour.

Je ne répondis pas et je la regardai.

Depuis que je ne l'avais vue, de grands changements s'étaient faits en elle : ses fraîches couleurs avaient disparu ; le sang paraissait s'être retiré de ses lèvres autrefois si vermeilles. Une sorte d'excavation s'était creusée autour de ses yeux et un grand cercle bleuâtre les entourait. Sa taille s'était amincie, et malgré les amples vêtements qui la couvraient, on ne pouvait se faire illusion sur l'état d'amaigrissement de toute sa personne.

— Qu'avez-vous à me regarder ainsi ? me demanda-t-elle.

— Je vous trouve extrêmement changée, répondis-je.

— C'est possible. Je souffre depuis quelque temps de névralgies et de palpitations de cœur. C'est nerveux, sans doute. Mais quelle bizarre façon vous avez de me souhaiter la bienvenue !

— Je commence par m'occuper de votre santé ; n'est-ce pas naturel ? Il faut vous soigner.

— Dictez votre ordonnance, fit-elle en souriant, puisque, paraît-il, c'est un médecin qui me revient.

— Il faut, continuai-je, changer d'air, voyager, prendre de l'exercice.

— Vraiment ? Je réfléchirai à cette prescription, docteur, et peut-être suivrai-je, quelque jour, vos conseils.

— Non pas. C'est aujourd'hui qu'il faut les suivre.

— Comment, aujourd'hui ?

— Oui, vous avez une heure pour faire vos préparatifs de départ.

En même temps, sans la regarder, sans paraître m'apercevoir de son étonnement, je marchai vers la cheminée et tirai le cordon de la sonnette.

Une femme de chambre parut.

— Madame, dis-je à cette fille, part, ce soir, en voyage. Mettez dans une malle ses objets de toilette les plus indispensables. Elle ira dans un instant vous rejoindre et vous aider. Allez et faites vite.

— Mais vous êtes fou, monsieur ! s'écria Paule, lorsque la femme de chambre fut sortie.

— Je n'ai jamais été plus raisonnable, répondis-je.

— Et vous croyez que je vais partir comme cela, tout à coup, pour obéir à je ne sais quel caprice ?

— Oh ! ce n'est pas un caprice, c'est une volonté, ferme, inébranlable.

— Il ne s'agit donc plus de ma santé : en admettant que je sois malade, vous ne pouviez pas savoir que je l'étais.

— Je vous savais gravement atteinte moralement ; cela me suffisait. Je viens de reconnaître que vous souffriez aussi au physique et je n'en suis que plus décidé à mettre à exécution mes projets.

— Quels sont-ils ? Je ne les connais qu'en partie.

— Vous les connaissez entièrement. Vous quittez Paris, ce soir, à huit heures.

— Vraiment ! Et je pars seule ?

— Non pas. Je vous accompagne.

— Tiens ! Il ne vous suffit plus de voyager, il faut que vous fassiez voyager les autres.

— Comme vous le dites.

— Et où me conduisez-vous ?

— Je n'en sais rien.

— Délicieux ! s'écria-t-elle en éclatant de rire.

Je ne sourcillai pas, et lorsque cet accès de gaieté nerveuse fur passé, je repris avec le plus grand calme :

— Permettez-moi de vous faire observer que le temps s'écoule. Si vous ne donnez pas d'instructions à votre femme de chambre, elle fera vos malles tout de travers, et demain, après une nuit en chemin de fer, lorsque vous descendrez à l'hôtel, vous manquerez de tout ce dont vous aurez besoin.

— Je n'ai pas d'instructions à donner, fit-elle en s'asseyant, je ne pars pas.

— Je vous demande pardon, répliquai-je, vous partez de gré ou de force.

— De force ! s'écria-t-elle.

— Oui, de force. Toutes mes dispositions sont prises. Tenez, continuai-je, en tirant un papier de ma poche, je n'ai qu'à envoyer cette lettre à deux pas d'ici, à M. Bellanger, à qui l'on recommande officiellement de se mettre à ma disposition. Vous ne connaissez peut-être pas M. Bellanger ; il est cependant très connu dans le quartier. Croyez-moi, ne m'obligez pas à le déranger et exécutez-vous de bonne grâce.

Elle me regarda, réfléchit un instant, comprit la gravité de la situation, et prenant tout à coup un parti :

— Nous voyagerons, soit ! vous l'exigez, et la loi vous donne des droits sur moi. Mais je ne saurais m'éloigner ce soir. J'ai des adieux à faire.

— A qui ? demandai-je.

— A mon père et à ma mère.

— Ils seront ici dans un instant. Je les ai fait prévenir de votre départ. A qui désirez-vous encore dire adieu ?

— A Mme de Blangy.

— Je m'y attendais, dis-je, en perdant un peu de mon calme. Eh bien ! Mme de Blangy n'a pas le temps de recevoir vos adieux ; elle part comme vous en voyage, ce soir même.

— Berthe ! C'est impossible, s'écria-t-elle, vous me trompez.

— Pourquoi ne partirait-elle pas ? Vous partez bien, vous.

— D'abord je ne pars pas. Ensuite elle n'a pas, comme moi, le malheur d'être en puissance de mari.

— Vraiment ! Le comte est donc mort ?

— A peu près, puisqu'elle ne sait pas ce qu'il est devenu.

— Je vais vous l'apprendre. Il est en ce moment, à quelques pas de nous, rue Caumartin, au deuxième étage, chez lui. Il fait part à sa femme de projets entièrement conformes aux miens. Il lui exprime sa volonté ; elle refuse de s'y soumettre, alors il lui dit : « Je ne reculerai devant rien, rien, entendez-vous, ni devant le scandale, ni devant la violence. Vous me suivrez, je veux que vous me suiviez. » Et elle le suit, parce qu'on ne résiste pas à un homme aussi déterminé que l'est M. de Blangy, un homme qui a des armes terribles contre sa femme et contre vous !

Elle pâlit et baissa la tête.

Je continuai en m'animant de plus en plus :

— Vous m'avez compris, n'est-ce pas ? J'ai rencontré M. de Blangy à Nice, je me suis lié avec lui et nous avons échangé nos confidences. Je sais l'influence que la comtesse exerce sur votre esprit ; j'ai juré de vous y soustraire. M. de Blangy a fait le serment de me seconder et nous sommes gens de parole. Allons ! Croyez-moi, levez-vous et apprêtez-vous à me suivre.

Confondue, atterrée, incertaine sur le parti qu'elle allait prendre, elle restait toujours assise.

Tout à coup, j'entendis sonner, et m'avançant vers elle :

— C'est votre mère, lui dis-je, qui vient vous faire ses adieux. Pas de récriminations, je vous prie, pas de plaintes, ou bien je me plains à mon tour, j'explique les raisons qui m'obligent à vous entraîner loin de Paris.

— Oh ! s'écria-t-elle, en se levant, vous ne feriez pas cela !

— Je vous ai dit que je ne reculerais devant rien, rien, entendez-vous ? Il faut que vous me suiviez sur l'heure. Si vous hésitez encore un instant, je parle, et après avoir parlé, j'agis.

— C'est bien, fit-elle, d'une voix très basse, je vais vous suivre.

M. et Mme Giraud entrèrent. Je me chargeai de leur expliquer le départ précipité de leur fille : un de mes parents de province était très malade, je venais de passer quelques jours auprès de lui et il m'avait supplié de lui conduire ma femme au plus vite ; il voulait la voir avant de mourir.

Paule confirma cette fable, embrassa son père et sa mère, promit de revenir bientôt et passa dans son cabinet de toilette.

Je l'y suivis ; il avait été convenu entre le comte et moi que, jusqu'à l'heure du départ, nous ne quitterions pas nos femmes un seul instant. Nous devions à tout prix les empêcher de s'écrire.

Paule, qui semblait résignée, donna devant moi des ordres à sa femme de chambre, prit à la hâte, dans son armoire à glace, différents objets qu'elle renferma dans un sac de nuit, jeta un châle sur ses épaules et, se couvrant la tête d'une petite toque de voyage :

— Je suis à vos ordres, me dit-elle.

Elle descendit et je la suivis en observant tous ses mouvements.

Ma voiture attendait dans la rue, j'ouvris la portière, je fis monter Paule et comme, après avoir jeté un coup d'œil autour de moi, je n'aperçus personne sur le trottoir, je crus pouvoir rejoindre mon domestique qui aidait, en ce moment, le cocher à ranger les malles sur la voiture.

Lorsqu'une minute après, je me retournai, je vis une femme en bonnet qui traversait précipitamment la chaussée. Je la reconnus : c'était la femme de chambre de Mme de Blangy. Pendant que je surveillais le trottoir, elle s'était avancée au milieu de la rue, Paule s'était penchée à la portière et elles avaient eu le temps d'échanger quelques mots.

Qu'avaient-elles pu se dire ? Il était inutile d'interroger ma femme à ce sujet. Je montai dans la voiture et je criai au cocher, de façon à ce que tout le monde m'entendît : « Gare Montparnasse ! » La voiture partit au trot dans la direction du boulevard. En descendant la rue Caumartin, nous nous croisâmes avec une autre voiture qui la remontait : je crus reconnaître celle qui avait amené le comte, deux heures auparavant, chez sa femme. Notre double expédition avait réussi.

Dans la rue de Rivoli, je me penchai à la portière et je changeai le premier itinéraire donné au cocher.

A huit heures moins quelques minutes, nous arrivions à la gare de Lyon. Je pris deux places de coupé pour Marseille et nous montâmes dans l'express.

XXII

Ma conversation avec Paule, de Paris à Marseille, ne fut pas, vous le comprenez facilement, mon cher ami, des plus animées. La situation était trop tendue entre nous pour qu'il nous vînt à la pensée de causer de choses banales. Quant à reprendre l'entretien au point où je l'avais laissé, au moment de l'arrivée de M. et de Mme Giraud, je n'y songeais pas. J'avais dit à Paule ce que j'avais à lui dire ; elle me savait édifié sur sa conduite et je ne lui avais pas caché l'indignation qu'elle m'inspirait. Mais je n'étais pas homme à lui faire une guerre incessante et continue, à diriger sans cesse sur elle les armes que les révélations de M. de Blangy m'avaient mises entre les mains, à l'accabler d'un éternel courroux. Mon amour ayant résisté aux coups qui lui avaient été portés, je devenais, en quelque sorte, complice des fautes de ma femme ; j'aurais eu mauvaise grâce à les lui reprocher, et le mépris que je lui aurais fait sentir serait retombé en partie sur moi.

Je me décidai donc, par respect pour moi-même, à ne plus parler du passé, à l'oublier autant qu'il me serait possible et à me faire, ainsi qu'à Paule, une vie nouvelle. Si vous m'accusez de porter un peu loin l'indulgence et le pardon des injures, je vous répondrai que vous ne pouvez être juge dans ma propre cause. Je ne suis pas indulgent, j'aime ; c'est là ma seule excuse. Comment mon amour existe-t-il encore ? Ah ! voilà ce qui peut vous étonner et ce que vous êtes en droit de me reprocher. Mais votre étonnement n'égalera jamais le mien et, quant aux reproches, je ne me les épargne pas.

Ne croyez pas, cependant, que je me dispose à donner un libre cours à cet amour, à en accabler de nouveau celle qui me l'inspire, à profiter des avantages que me créent les mesures rigoureuses auxquelles je me suis décidé. Non, je saurai être maître de moi, je saurai attendre ; n'y suis-je pas habitué ? Malgré mon coupable attachement, j'ai encore quelques sentiments de dignité ; il ne me conviendrait pas, du jour au lendemain, de témoigner devant Paule de ma faiblesse, et de consentir, sans transition, à succéder à… qui m'a précédé. Je veux que son imagination ait eu le temps de se calmer, qu'une sorte d'apaisement se soit fait en elle, qu'elle ait compris ses erreurs et en ait rougi. En butte depuis plusieurs années à de pernicieux conseils, à de funestes exemples, ployée sous une infernale domination, inconsciente de ses torts, enivrée, aveuglée, affolée, il faut que peu à peu elle renaisse à la liberté, qu'elle reconquière son indépendance, que la lumière se fasse dans son esprit et dans son cœur. C'est une âme à sauver, eh bien ! je la sauverai. Si vous me trouvez ridicule, tant pis pour vous.

Grâce aux *express* et surtout aux *rapides*, il n'y a plus de distance entre Paris et Marseille. Mon intention n'était donc pas de rester dans cette dernière ville, où il aurait fallu exercer sur Paule une surveillance incessante, pour la dissuader de retourner rue Caumartin. J'étais décidé à continuer mon voyage et à m'embarquer sur un des premiers paquebots qui sortiraient du port.

Si M. de Blangy, comme il en avait manifesté le projet, avait entraîné sa femme vers le Nord, c'est-à-dire du côté de l'Angleterre, la Manche et la Méditerranée allaient se trouver entre les deux amies, et je pouvais, sans trop de présomption, renaître à l'espérance.

En arrivant à la gare de Marseille, au lieu de me diriger vers un hôtel, je pris une voiture ; j'y fis monter Paule et j'ordonnai au cocher de nous conduire au port.

Un vapeur chauffait près du quai. J'allai aux informations : ce navire, en destination d'Oran, devait partir à cinq heures (nous étions un mercredi) pour arriver le vendredi dans la nuit ou le samedi matin.

Je rejoignis ma femme.

— Si vous y consentez, lui dis-je, en désignant le bâtiment, nous nous embarquerons sur ce vapeur.

— Je n'ai pas besoin d'y consentir, répondit-elle, faites de moi ce que vous voudrez.

Elle descendit, prit mon bras et nous fûmes bientôt installés à bord avec nos bagages.

Après une traversée excellente, nous débarquions, dans le port d'Oran, le samedi matin et nous nous faisions conduire, place Kléber, à l'hôtel de la Paix, où nous trouvâmes un logement très confortable, composé de deux chambres séparées l'une de l'autre par un grand salon.

Vous le voyez, mon cher ami, je n'abusais pas de la situation : j'étais résigné à vivre sur la côté d'Afrique en garçon comme à Paris. Si j'avais mis deux mers entre Paule et Mme de Blangy, j'avais, du moins pour l'instant, la discrétion de mettre l'épaisseur de plusieurs murailles entre ma femme et moi.

Je vous donnerai le moins de détails possibles sur mon séjour à Oran : dans ma disposition d'esprit, je m'occupai fort peu de la ville où le hasard m'avait conduit, et de ses habitants.

J'avais une seule pensée : distraire ma femme, changer le cours de ses idées, effacer le passé de son souvenir, lui faire prendre goût à une nouvelle vie et enfin essayer de lui plaire.

Ce n'était pas chose facile, je vous assure. Non pas que Paule mît, comme je l'avais craint d'abord, de l'obstination à refuser toute promenade et tout plaisir. Elle n'avait à cet égard aucun parti pris. Elle ne paraissait même pas m'avoir gardé rancune de la violence dont j'avais usé à son égard, et je pus constater, à plusieurs reprises, qu'aucune de mes délicatesses ne passait inaperçue et qu'elle me savait gré de mes soins. Mais elle était plongée, la plupart du temps, dans une sorte de prostration très difficile à vaincre, malgré ses réels et très visibles efforts.

Je pensai d'abord que le moral seul était malade et qu'elle souffrait des trop brusques changements apportés à sa vie.

Mais bientôt je crus m'apercevoir qu'il s'agissait d'une question physique, et qu'une perturbation complète avait eu lieu dans sa santé. L'amaigrissement déjà constaté à mon arrivée à Paris faisait tous les jours de nouveaux progrès ; ses yeux devenaient brillants, ses pupilles se dilataient ; elle se plaignait de palpitations, d'essoufflement dès qu'elle forçait un peu sa marche, de violentes névralgies à la tête et au cœur, d'une petite toux sèche que souvent, la nuit, j'entendais de ma chambre ; enfin, elle était sans cesse exposée à une foule de phénomènes et d'accidents nerveux, causés, à n'en pas douter, par un affaiblissement général.

Elle se rendait parfaitement compte de son état et paraissait s'en inquiéter. Je lui proposai de voir un médecin. Elle y consentit.

Le docteur X… , avec qui je ne tardai pas à me mettre en rapport, a longtemps exercé à Paris et était fort en renom parmi ses collègues, lorsqu'il fut obligé d'abandonner sa nombreuse clientèle et de venir se fixer en Afrique pour raison de santé. A peu près guéri depuis deux ans, M. X… est resté à Oran par reconnaissance, s'y est marié et donne des consultations, à la plus grande joie de la colonie française, qui se trouve soignée comme elle le serait à Paris.

Je m'empressai de conduire ma femme au docteur ; il l'examina longtemps, parut l'étudier avec un soin extrême et se borna, sans s'expliquer sur la nature de son mal, à lui remettre une ordonnance.

Mais, au moment où je prenais congé de lui, il me fit comprendre qu'il serait bien aise de me revoir.

Une heure après, j'étais en tête à tête avec lui dans son cabinet.

— L'état de votre femme est assez grave, me dit-il. Je crois de mon devoir de vous en prévenir.

— Quel est le nom de sa maladie ? demandai-je avec émotion.

— Elle n'a pas, en ce moment, de maladie proprement dite, mais elle est dans un état de *chloro-anémie* qui demande à être énergiquement combattu.

— Combattons, docteur ; grâce à vous, je ne doute pas de la victoire.

— Vous avez tort. Je ne puis pas grand-chose et vous pouvez tout.

— Moi !

— Oui, vous. Me permettez-vous quelques questions quoique vous ne soyez pas malade ?

— Faites, docteur.

— Quelle existence avez-vous menée dans votre première jeunesse ?

— Une existence des plus laborieuses et des moins dissipées.

— Je m'en doutais. Vous ne viviez pas en *petit crevé*, suivant l'expression devenue, dit-on, à la mode à Paris, depuis que je l'ai quitté. Vous n'avez pas gaspillé votre santé. Vous vous êtes conservé frais et dispos, puis, dans la force de l'âge, vous avez épousé la femme de votre choix, une très jolie femme, ma foi ! Depuis combien de temps êtes-vous marié ?

— Un an bientôt, répondis-je tristement.

— Je m'en doutais. Vous êtes de jeunes mariés.

Cette conversation commençait à m'agacer.

— Quelle conclusion, demandai-je, tirez-vous de mes réponses, docteur ?

— Oh ! vous me comprenez bien, fit-il ; on est jeune, ardent, amoureux, on ne doute de rien, on ne réfléchit pas que certaines natures féminines ont besoin de soins, de ménagements. Voyez-vous, cher monsieur, les jeunes filles élevées dans les grandes villes, comme l'a été votre femme, c'est-à-dire en serre chaude, privées de soleil et de grand air, ne doivent jamais être aimées trop ardemment. Si la passion les charme, elle les tue, parce qu'elles n'y ont pas été préparées. Un mari, dans certains cas, doit savoir calmer ses transports et mettre une sourdine à son cœur.

— Suivant vous, fis-je en souriant amèrement, je n'ai pas mis de sourdine au mien.

— La consultation que je viens de donner à votre femme me l'indique suffisamment. Je ne vous en fais pas un crime ; vous péchiez par ignorance ; mais de grâce, vous voici prévenu, ne soyez plus égoïste.

C'était à moi qu'on tenait un pareil langage ! A moi ! J'étais accusé d'avoir manqué de délicatesse à l'égard de ma femme !

Je promis au docteur de n'être plus égoïste. Que pouvais-je-dire ? Il ne me convenait pas d'étaler devant lui toutes mes misères.

— Au moins, ajoutai-je, me promettez-vous de guérir votre nouvelle cliente ?

— Je l'espère, si la cause du mal disparaît. Mais ne l'oubliez pas, l'état est grave, et peut entraîner des accidents du côté du cerveau. Si l'on n'y prend garde, on s'achemine tout doucement vers ce qu'on appelait, de mon temps, une *péri-méningo-encéphalite diffuse* et ce qu'on désigne maintenant plus brièvement sous le nom de *pachy-méningite.*

Ces mots trop techniques n'étaient faits ni pour me rassurer ni pour m'égayer. Je pris congé du docteur, dans la crainte qu'une fois lancé, il ne s'arrêtât plus. N'étais-je pas suffisamment éclairé sur l'état de Paule ? Grâce au voyage entrepris, j'allais être son sauveur au moral comme au physique.

XXIII

En dehors des recommandations personnelles, bien faciles à observer, que m'avait faites le docteur X... , le traitement prescrit à Paule était des plus simples. Elle devait prendre beaucoup d'exercice, vivre au grand air, se distraire le plus possible.

Rien ne nous aurait donc retenus à Oran et ne m'aurait empêché de suivre, à la lettre, le plan que M. de Blangy et moi nous nous étions tracé et qui consistait à ne pas rester plus d'une semaine dans la même ville : j'emmenais Paule faire quelques intéressantes excursions, sur la côte, ou dans l'intérieur des terres et je lui enlevais toute possibilité, dans le cas où elle y aurait songé, de donner de ses nouvelles en France et surtout de recevoir des lettres. Mais dans notre seconde visite au docteur, il vint à ce dernier la pensée de conseiller à ma femme d'essayer l'efficacité de sources thermales situées à trois kilomètres d'Oran et connues sous le nom de *Bains de la Reine*, en souvenir de la cure merveilleuse qu'y fit, au temps de la domination espagnole, la princesse Jeanne, fille d'Isabelle la Catholique.

Nous fîmes donc à Oran une sorte d'installation : je louai une calèche pour nous transporter tous les matins à l'établissement des bains et je pris à notre service un petit Arabe, de douze à treize ans, à la physionomie intelligente, un *yaouley*, comme on les appelle là-bas, répondant au nom de Ben-Kader.

Notre temps se passait très agréablement : des Bains de la Reine, nous allions déjeuner à Saint-André, village maritime très pittoresque, et après nous y être reposés une heure ou deux, nous entreprenions, la plupart du temps, l'ascension de la petite ville de Mers-el-Kébir, au sommet de laquelle se dresse une forteresse célèbre d'où l'on jouit d'une admirable vue. Quelquefois, en quittant les sources, nous rentrions à Oran par la route la plus directe ; l'après-midi était alors consacré à des excursions dans la ville, et principalement à la promenade de Létang, d'où l'on a pour horizon l'immensité de la Méditerranée.

Ben-Kader nous suivait sans cesse, toujours prêt à nous venir en aide et à nous donner des renseignements dans le patois dont se servent les petits Arabes pour se faire comprendre des Français.

— Tu sais, toi, monsieur, me disait-il parfois, lorsqu'il me voyait chercher Paule, qui s'était absentée un instant de l'hôtel, la dame elle est allée là, dans la rue.

Le fait est que Ben-Kader savait bien mieux ce qui se passait dans la rue et sur la place que dans l'intérieur de l'hôtel où il ne pénétrait qu'à son corps défendant.

Les *yaouley* ont une horreur instinctive pour les plafonds et les murailles intérieures d'une maison. Il leur faut le grand air, l'espace, le ciel bleu au-dessus de leur tête. A peine couverts d'un pantalon flottant et d'une veste en calicot serrée à la taille par une ceinture rouge, les pieds nus, la tête ornée d'un fez, leur principale occupation consiste à s'asseoir sur les trottoirs des places ou des rues fréquentées et à prendre soin des chevaux.

Dès qu'un officier met pied à terre, à la porte d'un café, une foule de *yaouley* s'élancent vers lui. Il reconnaît d'ordinaire son favori et lui confie la garde de son cheval. Aussitôt le petit Arabe, au lieu de prendre la bride, s'assied devant le cheval et se met à lui parler. L'animal, habitué à ces façons de faire, attend patiemment son maître, quelquefois pendant plusieurs heures, en compagnie de son gardien. Lorsque le cavalier revient, le *yaouley*, toujours assis, lui crie :

— Tu sais bien, toi, monsieur, donne-moi deux sous.

On lui jette ses deux sous et il est ravi ; il a gagné sa journée.

Paule donnait-elle souvent deux sous à Ben-Kader ou avait-elle eu le talent de faire sa conquête ? Ce qui est positif, c'est qu'il lui obéissait bien mieux qu'à moi et qu'il paraissait lui être tout dévoué.

Après le dîner, j'allais d'ordinaire passer une demi-heure au café Soubiran, puis je rejoignais ma femme dans le salon qui séparait nos deux chambres. Pendant qu'elle s'occupait d'un travail de broderie, je lui lisais quelque bon livre dont je m'étais muni à son intention. La soirée s'écoulait ainsi, et à dix heures nous étions rentrés dans nos chambres respectives. Cette vie active tout le jour, intelligente le soir, dégagée de soucis, avait une heureuse influence sur la santé de Paule : ses forces renaissaient, ses couleurs lui revenaient peu à peu, elle reprenait l'embonpoint que je lui avais autrefois connu.

Au point de vue moral, elle semblait aussi en progrès. Je m'étais promis, par délicatesse, vous le savez, de ne jamais lui adresser de reproches au sujet de sa conduite envers moi et de ne point revenir sur le passé, mais, durant nos lectures, il arrivait qu'une ligne, un mot, nous rappelaient notre situation respective et semblaient y faire allusion. Alors, Paule, qui autrefois ne se serait pas troublée, rougissait et baissait la tête.

Un jour même, elle ne craignit pas de hasarder certaines réflexions que je ne saurais passer sous silence. Nous lisions les premières pages d'un roman où l'auteur, après avoir raconté l'enfance de son héroïne, allait nous entretenir de sa jeunesse et de l'éducation qu'on se disposait à lui donner.

— Pourvu qu'on ne la mette pas au couvent ! s'écria tout à coup Paule.

Cette réflexion m'arrêta court dans ma lecture et je dis :

— Vous croyez le couvent dangereux pour une jeune fille ?

— Il peut l'être, répondit-elle.

— Quel genre d'éducation préférez-vous ?

— Celle qu'on reçoit auprès de sa mère, dans sa famille.

— Il n'est pas toujours facile à une mère de bien élever sa fille.

— Qu'elle l'élève mal alors ; mais qu'elle l'élève : à défaut d'instruction, elle lui donnera, au moins, des sentiments d'honnêteté.

— Vous n'admettez même pas la pension ?

— J'admets les petites pensions d'une quarantaine d'élèves tout au plus.

— Pourquoi ?

— Parce qu'on peut exercer sur les élèves une surveillance plus active, plus maternelle en quelque sorte. Ce que je reproche aux couvents, ce n'est pas l'éducation religieuse qu'on y reçoit. (Dieu m'en garde ! je serais désolée d'être un esprit fort.) C'est de s'ouvrir à trois cents, quatre cents jeunes filles de tout âge et de toute condition. Les petites sont séparées des grandes, me dira-t-on. D'abord, ce n'est pas entièrement exact ; il leur arrive, dans maintes circonstances, de se réunir et de communiquer entre elles. Ensuite, qu'appelez-vous les grandes et les petites ? Celles qui ont de dix à treize ans et celles qui flottent entre quinze et dix-sept, voilà comment on les classe habituellement, et c'est absurde : à treize ans, certaines jeunes filles sont moralement des grandes, et bien des jeunes filles de dix-sept ans mériteraient d'être encore parmi les petites. On fait un classement matériel, classique pour ainsi dire, lorsque la prudence exigerait un classement moral. Qu'arrive-t-il ? Les innocentes se trouvent en contact continuel avec celles qui ne le sont plus et perdent bientôt leur candeur et leur virginité d'âme. Dans une petite pension, la directrice et les sous-maîtresses vivent avec leurs élèves de la vie de famille, elles causent avec elles, reçoivent leurs confidences, connaissent leurs défauts et peuvent éloigner du troupeau les brebis dangereuses ; si ce sont d'honnêtes femmes, elles exercent une heureuse influence sur tous ces jeunes cœurs. Au couvent, les religieuses sont animées, sans doute, d'excellentes intentions, mais leur influence se dissémine trop pour pouvoir s'exercer utilement ; elles donent des leçons aux enfants, elles ne leur donnent pas de conseils ; puis, elles sont, en général, de trop saintes femmes pour faire de bonnes institutrices ; elles ne connaissent pas le mal, elles se refusent à y croire, elles sont ignorantes d'une foule de petits détails de la vie féminine en commun qu'il leur importerait de savoir.

Elle s'arrêta. Je lui dis :

— Alors vous n'admettez pas qu'une jeune fille élevée au couvent puisse faire une honnête femme ?

— Grand Dieu ! s'écria-t-elle. Je suis loin d'avoir une pareille idée. Les impressions éprouvées au couvent s'effacent certainement ; les plus impressionnables même peuvent devenir des femmes accomplies et d'excellentes mères de famille.

— Mais quelques-unes peuvent-elles échapper aux mauvaises impressions dont vous parlez et sortir du couvent aussi pures qu'elles y sont entrées ?

— Certainement, répondit-elle ; c'est une affaire de hasard : cela dépend de celles de leurs camarades qu'elles ont fréquentées.

La tournure que prenait notre conversation avait sans doute réveillé en elle de lointains souvenirs. Le coude sur la table, la tête dans la main, elle garda pendant un instant le silence. Tout à coup, sans changer d'attitude, les yeux baissés, elle dit d'une voix émue, comme si elle se parlait à elle-même :

— On a quartorze ans et l'esprit déjà éveillé (mais pour la coquetterie seulement, une sorte de coquetterie instinctive chez la femme) ; il est pur de toute souillure, grâce à l'éducation maternelle qu'on a reçue jusque-là. Tout à coup on entre en pension. Le froid vous saisit, un sentiment de solitude vous envahit, on se croit perdue au milieu de toutes ces étrangères qui vous dévisagent sans vous adresser la parole ; à la récréation, on court se cacher dans un coin, pour songer à la petite chambre où l'on était si bien, à la maison où l'on vient de passer tant de jours heureux, à tous les hôtes qui l'habitaient. « Oh ! comme ma mère doit être triste, se dit-on. Je suis sûre qu'elle pleure en ce moment, » et l'on pleure soi-même au souvenir des larmes qu'elle a versées, tout à l'heure, en s'arrachant de vos bras.

Lorsqu'on relève la tête, on s'aperçoit qu'on n'est plus seule sur le banc où l'on s'était réfugiée. Une jeune fille à peu près de votre âge est assise à vos côtés ; elle vous prend une main, que vous lui abandonnez, et vous dit : « Ne pleurez donc pas, vous ne serez pas malheureuse ici ; on s'amuse quelquefois, vous verrez. D'où venez-vous ? Avez-vous été déjà en pension ? » On répond, trop heureuse d'avoir quelqu'un avec qui causer, et échanger des confidences.

Peu à peu, on se lie, et on arrive à aimer de toute son âme celle qui la première vous a témoigné un peu de sympathie, lorsque toutes vous traitaient encore en étrangère. Il est si facile de faire la conquête d'un cœur de quatorze ans : il se livre avec tant d'abandon et il est si joyeux de se livrer ! Oh ! si c'était un homme qui vous disait : « Quelle jolie taille vous avez ! j'adore vos yeux, vos mains sont charmantes, laissez-moi les admirer ! » d'instinct on rougirait, on se sauverait bien vite pour ne pas entendre de tels propos. Mais c'est une femme qui parle, une jeune fille comme vous ; on l'écoute sans se troubler, souvent avec plaisir, et on lui rend des compliments en échange des siens.

De compliments en compliments et de confidences en confidences, votre compagne prend de l'influence sur votre esprit ; elle est au couvent depuis plusieurs années, vous y êtes seulement depuis un mois ou deux ; elle en connaît tous les détours et elle vous les fait connaître ; elle est en même temps plus faite, plus formée, plus expérimentée que vous ; elle met son expérience à votre service, et comme vous êtes à un âge où l'on ne demande qu'à s'instruire, vous écoutez.

Bientôt ce n'est plus seulement de l'affection que vous avez pour elle, c'est de la crainte et du respect. Vous vous trouvez ignorante, petite auprès d'elle ; elle en est arrivée, en captant tous les jours davantage votre confiance, en s'immisçant dans votre vie, en exerçant sur votre esprit une sorte de pression lente et continue, à vous obliger à ne voir que par elle, à vous ôter la conscience du juste et de l'injuste, à vous dominer, à vous asservir à ses caprices.

Parfois on essaye de secouer le joug ; on ne peut y parvenir : mille liens indissolubles, mille souvenirs tyranniques vous enchaînent l'une à l'autre, jusqu'à la sortie du couvent. A cette époque seulement les liens se brisent, les souvenirs s'effacent... à moins pourtant, ajouta-t-elle en baissant la voix, que le hasard, ou plutôt la fatalité, vous réunisse de nouveau, et alors...

— Alors ? demandai-je.

— Alors, murmura-t-elle, on est perdue.

— Quoi ! m'écriai-je, vous n'admettez pas qu'on puisse échapper à cette domination dont vous parlez ?

— Si ! répondit-elle, avec le temps et grâce à l'éloignement.

Au bout d'un instant, elle ajouta, comme si elle voulait conclure :

— Le plus souvent, j'en suis persuadée, ce ne sont pas les hommes qui perdent les femmes ; ce sont les femmes qui se perdent entre elles.

Vous le voyez, mon cher ami, elle en était arrivée, d'elle-même, sans reproche et sans morale, à juger son existence passée et à la condamner.

Je puis vous affirmer qu'elle parlait en toute sincérité, sans intention de m'inspirer une confiance dont elle abuserait plus tard ou de me faire concevoir d'elle une meilleure opinion. Elle était entrée franchement dans une voie nouvelle, avec cette vivacité, cette hardiesse, cette sorte de franchise relative, que vous avez dû reconnaître en elle, si j'ai su vous dépeindre son caractère. Mais, ainsi qu'elle l'avouait elle-même, le temps seul pouvait la maintenir dans cette voie, la fortifier dans ses résolutions, effacer de son esprit les impressions premières, et la rendre inaccessible aux influences si longtemps exercées.

Hélas ! j'étais trop heureux des résultats obtenus pour m'inquiéter de l'avenir ; le temps viendrait à mon aide, je n'en devais pas douter. Quel événement, quel accident pouvaient troubler l'œuvre qui s'accomplissait ? Notre retraite n'était-elle pas ignorée de tous et Paule elle-même avait-elle la plus vague idée du pays qu'habitait, en ce moment, celle qui seule au monde avait assez d'autorité sur son esprit pour l'éloigner du droit chemin ?

Plein de confiance dans une destinée meilleure, persuadé que mon sort dépendait de moi et que mes rêves, longtemps caressés, ne tarderaient pas à se réaliser, je n'étais plus nerveux et impatient comme autrefois ; mon amour était plus reposé. Il se métamorphosait même en quelque sorte : j'en arrivais à ne voir dans Paule qu'une enfant malade que j'avais mission d'élever et de guérir.

Je m'étais épris de ma tâche, comme un médecin s'éprend d'un client condamné par ses confrères et qu'il espère sauver ; comme l'aumônier d'une prison s'attache au criminel que ses exhortations ont convaincu et que le repentir a touché. Mon amour devenait plus immatériel : j'avais moins de désirs et plus de tendresse.

Paule semblait vivement pénétrée de mes soins et de mes délicatesses ; elle m'en remerciait souvent par un sourire, un regard ou un serrement de main. Je crus même remarquer qu'elle devenait un peu coquette avec moi, sans doute par esprit d'opposition.

Vous le voyez, cher ami, je touche au but et vous ne doutez pas que je ne l'atteigne. Je vous remercie de cette preuve de confiance, mais avant de vous réjouir, à mon sujet, veuillez tourner la page de ce manuscrit.

XXIV

J'avais pris à Oran l'habitude de me lever de grand matin et de faire une assez longue promenade à cheval, pendant que Paule dormait encore ou s'habillait. Ben-Kader guettait mon retour et dès qu'il me voyait déboucher sur la place, il allait prévenir ma femme. Elle descendait aussitôt et nous montions dans la voiture qui venait nous chercher, tous les jours, à dix heures, pour nous conduire aux Bains de la Reine.

Un matin, c'était un samedi, je crois, au moment où je m'arrêtais devant l'hôtel, Ben-Kader marcha vers moi et se plaçant devant mon cheval :

— Tu sais, toi, me dit-il, d'une voix triste, la dame, elle est partie.

— Quelle dame ? demandai-je sans comprendre.

— Ta dame.

— Partie pour où ? fis-je en mettant pied à terre.

Il étendit gravement le bras dans la direction de la mer et dit :

— Pour là-bas.

Je ne pus m'empêcher de tressaillir. Mais je me remis aussitôt. N'avais-je pas, justement ce jour-là, vu Paule avant de monter à cheval et ne m'avait-elle pas recommandé de revenir le plus vite possible ? Lasse de m'attendre, elle était sans doute allée se promener du côté du port ; c'est ce que le *yaouley* voulait dire.

J'entrai dans l'hôtel et rencontrant un garçon :

— Est-ce que ma femme est sortie ? lui dis-je, sans attacher d'autre importance à ma question.

— Oui, monsieur, il y a une heure avec une autre dame qui est venue la demander ce matin, quelques minutes après le départ de monsieur.

Un soupçon terrible me traversa l'esprit.

— Une dame ! répétai-je, quelle dame ?

— Je ne sais pas, monsieur, je ne l'ai jamais vue à Oran : c'est une étrangère.

— Ah ! une étrangère ! Une Française, vous voulez dire ?

— Peut-être bien ; en tout cas, elle n'est pas du pays.

— Et cette dame, continuai-je en tremblant, est sans doute jeune, jolie, blonde ?

— Oh ! non, monsieur ; elle peut avoir une quarantaine d'années, et elle a les cheveux tout noirs.

Je respirai.

— Elle m'a fait l'effet, ajouta le garçon, d'être une femme de chambre.

A peine avait-il prononcé ces mots, que je le quittai précipitamment. Je gagnai mon appartement et m'élançai dans la chambre de Paule.

Rien n'annonçait un départ : ses robes étaient pendues à leur place habituelle, son linge rangé dans la commode, sa malle reposait dans un coin. Décidément mes craintes étaient ridicules : elle était sortie avec quelque personne de la ville, une marchande sans doute ; elle allait revenir.

J'entrai dans le salon que j'avais seulement traversé, et je me dirigeai vers la cheminée pour regarder l'heure. Un papier placé devant le socle de la pendule attira mon attention.

C'était un billet écrit à la hâte par Paule.

Il ne contenait que ces mots :

« Je suis obligée de m'éloigner de vous pour quelques jours. Pardonnez-moi, et prenez patience. Je reviendrai, je vous le jure. »

Je ne me donnai pas le temps de réfléchir au sens de ce billet, je ne compris qu'une chose, c'est qu'elle était partie et qu'il fallait la rejoindre à tout prix.

Je m'élançai dans l'escalier de l'hôtel, franchis le vestibule, débouchai sur la place, et apercevant Ben-Kader mélancoliquement accroupi sur le trottoir :

— Viens, lui criai-je, conduis-moi.

— Où ? demanda-t-il en se levant.

— Tu m'as dit que ma femme était partie ; de quel côté s'est-elle dirigée ?

Il ne répondit pas et se mit à marcher gravement devant moi dans la direction du port.

J'avais beau le supplier d'aller plus vite. C'était inutile : il ne lui convenait pas de se presser.

Enfin il s'arrêta devant une maison située sur le quai et me montra un écriteau où je lus :

« Aujourd'hui samedi, départ à dix heures, pour Gibraltar, de l'*Oasis*, capitaine Raoul. »

Comme je me retournai vers Ben-Kader, il étendit le bras dans la direction de la mer, et me dit d'une voix triste, avec une larme dans les yeux :

— Bien loin.

Cette pantomime était aussi éloquente que les plus longs discours : Paule s'était embarquée à dix heures sur un bateau à vapeur en destination de Gibraltar, et midi venait de sonner.

Au moment où je me demandais quelle résolution j'allais prendre, je fus abordé par un employé supérieur de l'administration maritime, dont j'avais fait la connaissance au café Soubiran.

— Quoi ! me dit-il, vous êtes ici ! Je vous croyais parti avec votre femme. J'ai assisté ce matin à son embarquement sur l'*Oasis*, je pensais qu'elle allait vous rejoindre à bord.

— Il y a eu un malentendu, répondis-je, et vous me voyez tout désespéré. Je cherche même, en ce moment, le moyen de me rendre à Gibraltar le plus vite possible.

— Diable ! Je n'en connais pas d'expéditif ; d'ici à samedi prochain il n'y aura pas d'autre départ.

— Ne peut-on pas se rendre à Carthagène et ensuite à Gibraltar ?

— Le service est interrompu, en ce moment.

— Ne trouverai-je pas une embarcation quelconque qui me fera traverser le détroit ? Songez à l'inquiétude de ma femme.

— Je comprends bien, mais les bateaux d'Oran n'entreprennent pas d'aussi lointaines excursions. Ah ! si vous étiez à Nemours…

— A Nemours ! Ne peut-on pas s'y rendre ?

— C'est long.

— Combien de lieues ?

— Cinquante par la route de Tlemcen ; trente en suivant la côté.

— Peut-on la suivre ?

— Parfaitement, à cheval, si cela ne vous effraye pas.

— J'ai longtemps habité l'Egypte et je suis habitué à ce genre d'expédition.

— Alors, voulez-vous que je vous trace votre itinéraire ?

— Vous m'obligerez beaucoup.

— Vous allez vous entendre avec un *caléchier* qui vous conduira aux Andalousis en trois heures. De là, vous vous rendrez à *Bou-Sfeur*, chez un fermier espagnol, Pérès-Antonio. Vous lui demanderez un guide et des chevaux et il se chargera de vous les procurer, surtout si vous vous recommandez de moi.

— Je n'y manquerai pas.

— Arrivé à Nemours et pendant que vous vous reposerez à l'hôtel, vous ferez appeler le patron d'une *balancelle*. Les balancelles sont des embarcations assez solides, à demi pontées, montées par deux ou trois hommes ; elles transportent des fruits de Gibraltar à Nemours et s'en retournent avec un chargement de minerai. Vous traiterez facilement, pour quelques louis, de votre passage immédiat, et si vous ne perdez pas un instant, si le vent vous favorise, vous pouvez arriver à destination, douze heures environ après le bateau parti ce matin.

— Je ne perdrai pas un instant ! m'écriai-je.

Je remerciai vivement mon cicérone et je pris congé de lui.

A midi et demi, j'étais en route pour Nemours.

Ben-Kader, au moment où j'allais partir, me demanda de m'accompagner. Je craignis, pour cet enfant habitué à la terre ferme, un voyage en mer dans de mauvaises conditions et je refusai ses services. La fatalité me poursuivait : je suis maintenant persuadé que si j'avais cédé aux instances du *yaouley*, mes affaires auraient tourné tout autrement. Vous saurez plus tard pourqoui.

Vous ne vous étonnez pas, je pense, mon ami, de mon opiniâtreté à suivre ma femme, malgré les difficultés qu'offrait cette poursuite et la promesse contenue dans le mot laissé à l'hôtel.

Vous partagez déjà mes soupçons et mes terreurs : la personne qui avait rejoint Paule le matin ne pouvait être que la femme de chambre de Mme de Blangy, la même qui, le jour du départ de Paris, s'était entretenue un instant à la portière de la voiture avec ma femme.

Comment cette fille était-elle à Oran ? Comment avait-elle appris notre présence dans cette ville ? Peu importait. Il était de toute évidence qu'elle avait été dépêchée par Mme de Blangy ; cette dernière avait échappé à la surveillance de son mari et elle attendait sans doute Paule à Gibraltar.

Il s'agissait d'abord de les rejoindre ; je déciderais ensuite la conduite à tenir.

XXV

Je ne vous dirai pas les détails de cette course échevelée ; ils se sont effacés de mon souvenir. Je traversai des villages, des plaines arides, des rivières, des bois. Mon guide, un Arabe cependant, avait peine à me suivre.

Grâce aux excellentes indications que m'avait données l'employé de la marine, j'arrivais à Nemours dans la nuit.

Dire que si je m'étais moins pressé, si, au lieu d'entrer dans Nemours endormi, j'avais parcouru ses rues en plein soleil, je...

Encore un instant et vous comprendrez.

A peine descendu de cheval et sans songer à me reposer, je me dirigeai vers le port, je pénétrai dans un de ces cabarets qui donnent asile, toute la nuit, aux marins et je ne tardai pas à traiter de mon passage pour Gibraltar avec le patron d'une *balancelle*.

Au soleil levant, nous mîmes à la voile ; je m'enveloppai d'un manteau, je m'étendis à l'arrière, près du gouvernail, et je pus enfin me reposer de mes fatigues.

Le temps nous favorisa, nous eûmes une traversée des moins accidentées et des plus courtes.

En arrivant à Gibraltar, j'appris que l'*Oasis*, entré dans le port depuis la veille, n'était pas reparti et je me mis immédiatement à la recherche du commandant de ce vapeur, le capitaine Raoul, un charmant homme que Paule et moi avions eu, plusieurs fois, pour voisin de table à l'hôtel de la Paix.

Il était à son bord ; je le rejoignis.

Il entama l'entretien comme l'avait entamé l'employé de la marine.

— Quoi ! vous ici ! s'écria-t-il, dès qu'il m'eut reconnu.

— Sans doute, répliquai-je, n'est-il pas naturel que je rejoigne ma femme ? J'ai manqué le départ de l'*Oasis* : elle a dû s'en rendre compte et vous le dire.

— Non, ma foi ! Elle m'a dit, au contraire, que vous aviez préféré vous rendre par terre à Nemours ; quant à elle, que la mer n'effraye pas, elle a pris passage à mon bord, avec sa femme de chambre, et elle s'en est très bien trouvée.

— Où est-elle, en ce moment ?

— Ah, çà ! vous jouez donc à cache-cache ? fit le capitaine en riant. Vous vous donnez rendez-vous à Nemours, votre femme s'y fait descendre, et vous, pendant ce temps…

Il ne put achever.

— Quoi ! m'écriai-je, l'*Oasis* s'est arrêté à Nemours ?

— Parbleu ! Toutes les fois que le temps le permet, nous y faisons escale : nous y avons débarqué, à ce voyage, plus de dix personnes.

— Et ma femme était du nombre ?

— Mais certainement, cher monsieur ; décidément je n'y comprends plus rien.

Moi je comprenais, hélas ! et cela me suffisait. Je venais de traverser la Méditerranée en balancelle pour apprendre que ma femme était à Nemours. Je me promenais en Espagne, tandis qu'elle était restée dans la province d'Oran. La veille, j'étais passé, sans aucun doute, dans la rue qu'elle habitait ; je m'étais peut-être arrêté devant sa porte pour demander des renseignements. Ah ! si j'avais eu, comme je le disais tout à l'heure, l'esprit d'attendre le jour ! Si même j'avais emmené Ben-Kader avec moi : il aurait deviné, lui, qu'elle était dans la ville, ou au moins, durant notre course à cheval, il aurait eu l'occasion de m'apprendre que l'*Oasis*, avant de traverser le détroit, faisait escale sur la côte. L'employé de la marine, dans mon court entretien avec lui, n'avait pas songé à me donner ce renseignement qu'il croyait inutile : le vapeur ne devait-il pas toucher à Nemours bien avant l'heure à laquelle je pouvais y arriver ?

Il s'agissait maintenant de revenir sur mes pas. L'*Oasis* ne reprenant la mer que trois jours après, le capitaine Raoul me conseilla de m'embarquer de nouveau sur la balancelle qui m'avait amené à Gibraltar : c'était encore, suivant lui, le moyen le plus expéditif de traverser le détroit. Je suivis ce conseil. Mais le vent qui m'avait favorisé lorsque je m'éloignais de Paule, devint contraire dès qu'il s'agit de la rejoindre. Comme dans l'antiquité, les éléments eux-mêmes se conjuraient contre moi.

Après une traversée des plus pénibles, je rentrai à Nemours une semaine après l'avoir quitté.

Il ne me fut pas difficile d'avoir sur Paule tous les renseignements désirables : on me montra la maison qu'elle avait habitée avec une femme de ses amies, une Française, qui, après l'avoir attendue quelque temps, était repartie avec elle, le lendemain de mon passage à Nemours. Les deux voyageuses, qu'accompagnait une femme de chambre, s'étaient, m'assurait-on, dirigées vers Oran, par la route de Tlemcen ; elles devaient être arrivées au moins depuis cinq jours.

Le croiriez-vous, mon cher ami ? Je ne me pressai pas de les rejoindre. Pendant la semaine qui venait de s'écouler, la colère, l'indignation, l'ardeur de la lutte m'avaient soutenu. Maintenant, mes nerfs se détendaient, l'attendrissement succédait à la colère et je succombais sous une immense lassitude physique et morale. « A quoi bon me presser ? me disais-je ; le hasard me conduit, la fatalité me poursuit ! »

J'abandonnais les rênes sur le cou de mon cheval et je le laissais marcher à sa guise. Doucement bercé sur ma selle, les yeux à moitié fermés, j'avais d'étranges hallucinations : j'entendais la voix de Mme de Blangy, elle faisait à Paule de vifs reproches de m'avoir suivi, d'être restée si longtemps à Oran, sans essayer de la rejoindre. Elle lui disait : « Tu le préfères à moi, maintenant ; son affection a remplacé la mienne. Mais je t'arracherai à son amour. Nous allons fuir, loin, bien loin ; on ne nous retrouvera plus. — Non ! criait Paule, va-t'en, va-t'en, toi qui m'as perdue ! Je veux le rejoindre, lui... Il m'a enseigné l'honnêteté, le devoir. Il m'attend, il souffre, il m'appelle. Je pars. — Eh bien ! Je pars avec toi. Mais s'il ne t'a pas attendue, c'est qu'il ne t'aime pas, c'est qu'il t'a trompée et alors je t'entraîne. » Je les voyais arriver à Oran : Paule courait à l'hôtel, je n'y étais pas. Alors Mme de Blangy devenait plus pressante : elle lui parlait des dix années écoulées, des serments faits au couvent et renouvelés plus tard, elle évoquait tous les souvenirs qui les unissaient l'une à l'autre ; elle la magnétisait, en quelque sorte, par ses discours, rivait un nouvel anneau à la longue chaîne de leurs souvenirs et l'entraînait loin de moi, éperdue, mourante.

Voilà ce que j'entendais, voilà ce que je voyais dans cette nouvelle course de trente lieues à travers le désert, et voici ce qui m'attendait à Oran :

Une lettre de Paule. Je la copie textuellement :

« Je suis une misérable créature. Mail il faut que vous sachiez comment tout s'est passé. Je ne veux pas être accusée de mensonge et de duplicité. Vous avez bien assez d'autres torts à me reprocher. J'ai été sincère, j'ai été vraie, pendant tout mon séjour ici. Gardez-en au moins le souvenir.

« Nous quittions la rue Caumartin, *sa* femme de chambre s'est glissée vers moi et m'a dit : « Madame part avec son mari, elle sait que vous partez aussi et m'a ordonné de vous rassurer et de vous suivre. » Cette fille, sans que vous vous en soyez douté, est montée dans l'express qui nous entraînait vers Marseille ; mais au moment de notre embarquement je ne l'ai plus aperçue, et si je n'avais pas été persuadée qu'elle avait perdu nos traces, je vous aurais demandé depuis deux mois, je vous le jure, de quitter Oran.

« Quant à *elle*, arrivée en Irlande, elle trompe un jour la surveillance de son mari, s'échappe, trouve à Paris sa femme de chambre qui la renseigne sur notre compte, repart aussitôt, traverse la France, l'Espagne, la Méditerranée et débarque à Nemours. Elle m'écrit, me supplie de la rejoindre ; elle se dit malade, elle me jure qu'elle ne me retiendra qu'un jour. Après avoir longtemps résisté, je pars, en vous jurant de revenir. Je tiens mon serment, je reviens avec l'intention de me réfugier auprès de vous, de vous demander aide et protection contre moi-même. Je ne vous trouve plus... Ah ! pourquoi ne m'avoir pas attendue ? Pourquoi m'avoir abandonnée, m'avoir livrée à sa merci ?... moi si faible et si lâche, auprès d'elle !... Vous me méprisez... je vous fais horreur... Vous ne voulez plus me voir. Ah ! je vous comprends... je vous comprends et cependant je devenais meilleure, je vous le jure, je renaissais à une nouvelle vie, un grand travail se faisait en moi. Mais il n'avait pas encore eu le temps de s'accomplir ; je n'étais pas encore assez forte, assez purifiée, assez régénérée pour résister aux mauvais conseils. N'ai-je pas osé vous avouer quelle influence elle exerçait sur moi ? Comme elle me dominait ! Comme elle m'avait asservie !... Je ne voulais pas partir... je voulais vous attendre. Mais vous ne reveniez pas... je ne savais pas ce que vous étiez devenu. Puis, j'avais peur de vous, je me disais : me pardonnera-t-il encore ? Je n'osais l'espérer... Et elle, elle ! toujours près de moi, toujours à mes côtés ; elle me reprochait ma faiblesse, ma lâcheté, elle me disait... Oh ! je me tais, je me tais, est-ce que je devrais même vous parler d'elle ? Enfin, elle m'a décidée, je pars... Je vais où elle me conduira...

Que sais-je ? Que m'importe où je cacherai ma honte !... Je suis une créature déchue, perdue... Je suis moins que rien et jamais je ne me relèverai... Vous avez entrepris, voyez-vous, une tâche impossible ; nous nous faisions des illusions l'un et l'autre. Il vaut mieux que cela finisse ainsi. J'ai brisé votre vie, vous si bon, si honnête, si droit ! Ne me cherchez pas... vous ne parviendriez pas à me trouver... Elle saura bien me cacher, allez ! mieux que vous l'avez fait... Puis, je ne veux pas vous revoir ! Je n'oserais plus vous regarder, vous parler... Me conduire ainsi avec vous qui m'avez montré tant de générosité !... Ah ! pourquoi, depuis que nous sommes ici, ne m'avoir pas, comme autrefois, parlé de votre amour ?... Il n'y avait plus de verrous à ma porte... Mais vous aviez mon passé sur le cœur, vous me méprisiez encore, et moi j'attendais que le temps m'eût régénérée, que je fusse digne de vous... Quelle faute nous avons commise !... Il y aurait aujourd'hui entre nous des liens indissolubles que personne, personne ne parviendrait à briser... Adieu, adieu, oubliez-moi, plaignez-moi... Ah ! si vous reveniez pendant que j'écris cette lettre... je me jetterais à vos genoux, je... Tenez, j'attendrai jusqu'à demain : elle dira ce qu'elle voudra, je ne partirai que demain. Mais venez, venez vite. »

Elle avait rouvert sa lettre et elle avait écrit :

« J'ai attendu encore deux jours... Qu'êtes-vous donc devenu ? Vous êtes retourné en France. Vous m'avez abandonnée. Je pars. Adieu, adieu. »

Je relus deux ou trois fois cette lettre, machinalement en quelque sorte. J'étais comme hébété, je ressentais des douleurs dans tout le corps, j'avais la tête lourde, mes dents claquaient.

Je pris le lit ; une fièvre assez violente avec accompagnement de délire se déclara dans la nuit. Au matin, les maîtres de l'hôtel, ne me voyant pas descendre, montèrent chez moi et s'empressèrent d'envoyer chercher le docteur X... Pendant plusieurs jours, il désespéra de me guérir. Enfin il parvint à triompher du mal : une fièvre typhoïde, je crois.

XXVI

Dans les premiers jours de janvier, je pus me mettre en route pour la France. J'étais encore très faible, mais au moral cette longue maladie m'avait reposé. Il y avait eu dans ma vie un temps d'arrêt, une sorte de solution de continuité qui devait m'être salutaire. Je me rappelais, sans doute, tous les événements qui s'étaient accomplis, mais je les envisageais sans amertume, sans irritation, seulement avec une grande tristesse. Je souffrais beaucoup, mais ma douleur n'avait rien d'aigu : elle était latente, pour ainsi dire, elle couvait sourdement comme un feu recouvert de cendres : il brûle et ne jette pas de flammes.

J'éprouvai cependant une vive émotion en rentrant dans mon appartement de la rue Caumartin ; mille souvenirs m'affluèrent au cœur. Je pleurai longtemps, bien longtemps.

Lorsque je fus plus fort, je mis de côté tous les objets qui appartenaient à Paule et je les fis porter chez sa mère. En même temps j'écrivis à M. Giraud :

« Votre fille m'a quitté, monsieur. J'ignore où elle s'est réfugiée et je ne veux pas le savoir. Je vous serais obligé de ne jamais m'interroger à son sujet. Vous comprendrez que je désire oublier. »

Je savais M. de Blangy à Paris et je ne faisais aucune tentative pour le voir. De son côté, il avait la même retenue.

Un jour cependant, nous nous rencontrâmes sur les boulevards. Il vint à moi, le premier, avec empressement, et me tendant la main :

— Je suis heureux, me dit-il, de vous trouver en bonne santé. Je craignais que vous ne fussiez malade.

— Je l'ai été, fort gravement même, répondis-je. Je vais mieux... de toutes les façons, ajoutai-je. Et vous ?

— Je ne me suis jamais aussi bien porté.

Nous gardâmes un instant le silence. Ce fut le comte qui le rompit.

— Il serait peut-être plus sage, reprit-il, de ne pas parler du passé. Mais c'est bien difficile, vous en conviendrez. Entre nous deux toute conversation qui n'aurait pas trait à... nos aventures deviendrait aussitôt banale.

— Je suis un peu de cet avis.

— Alors, abordons franchement la situation... Quelle malheureuse campagne nous avons faite !

— Bien malheureuse.

— Elle vous a rejoint ?

— Oui, en Afrique. Que vouliez-vous ? je n'avais pas prévu qu'elle nous ferait suivre par sa femme de chambre.

Je racontai au comte tous les détails de mon voyage et de mon séjour à Oran. Je lui résumai en quelques mots la lettre de Paule.

— Oui, dit-il, après m'avoir attentivement écouté, votre femme vaut mieux que la mienne. Elle n'a pas du reste grand mérite à cela.

Il me fit connaître, à son tour, les péripéties de son voyage dans le nord de l'Europe.

— Mme de Blangy, me dit-il d'un ton dégagé, qui ne pouvait me laisser aucun doute sur sa guérison, lorsqu'elle eut reconnu qu'il fallait absolument me suivre, s'exécuta de très bonne grâce. « Quelle excellente idée vous avez eue de revenir ! s'écriait-elle à chaque instant ; on n'est pas plus aimable ; moi qui désirais tant voyager ! Nous allons dans le Nord, oh ! que je suis heureuse ! Comme c'est mal à vous de n'avoir pas eu cette idée plus tôt ! Je m'ennuyais tant à Paris ! Mais savez-vous, mon cher, que vos courses à travers le monde vous ont beaucoup profité. Vous avez rajeuni ; on vous donnerait trente ans à peine. Je me reprends d'une belle passion pour vous. »

J'aurais pu croire, en vérité, qu'elle disait vrai, continua M. de Blangy, si je ne l'avais pas tenue depuis longtemps pour la plus fausse des femmes et si je n'avais pas deviné son jeu. Ce jeu, voulez-vous le connaître ? (Nous n'avons pas de secrets l'un pour l'autre, et, du reste, ai-je des ménagements à garder envers cette créature qui ne me tient plus par aucun lien ?) Elle joua vis-à-vis de moi le rôle de Dalila vis-à-vis de Samson. Pendant tout ce voyage elle me satura de son amour, afin de me livrer aux Philistins, c'est-à-dire de prendre la fuite, sans qu'il me vînt à la pensée de la poursuivre. Avec son esprit si vif, elle avait admirablement compris que je ne l'aimais plus depuis longtemps, que mon cœur n'était pour rien dans mon retour vers elle, mais que mon imagination encore excitée par le souvenir d'une liaison de six mois, brusquement interrompue, demandait à être assouvie.

Mme de Blangy avait assez de souplesse dans l'esprit pour calmer l'imagination la plus exaltée. Elle vint à bout de la mienne : lorsqu'elle me quitta, un soir à Dublin, j'éprouvai, je vous le jure, un grand bien-être, et je n'aurais jamais songé à la poursuivre, si je ne m'étais pas souvenu de l'engagement contracté envers vous.

Cet engagement, il me fut impossible de le tenir, et vous allez bien rire du tour qu'elle m'a joué ; il est digne d'elle. En me quittant elle avait emporté mon portefeuille contenant toutes mes valeurs ; je me trouvais, comme on dit vulgairement, *en plan*, à l'hôtel. Je fus obligé d'écrire en France et de demander des fonds. Ils m'arrivèrent au bout de huit jours, en même temps que mon portefeuille : Mme de Blangy me le renvoyait (sans l'avoir ouvert, je dois lui rendre cette justice) ; c'était me dire qu'elle était en sûreté et que je pouvais maintenant la suivre.

J'ai peut-être mis, mon cher monsieur, quelque nonchalance dans toute cette affaire ; ne m'en gardez pas rancune, je n'avais plus de courage pour la lutte. L'idée de ce voyage en partie double vous appartient ; je ne vous le reproche pas, mais laissez-moi vous dire aujourd'hui qu'elle n'était pas heureuse.

J'ai repris mes occupations à Paris, et si quelque jour, un de mes collègues du ministère ou du Club avait la malencontreuse idée de me rappeler qu'il existe encore, par le monde, une Mme de Blangy, j'aurais l'honneur de lui envoyer immédiatement mes témoins. Deux ou trois affaires de ce genre suffiraient pour persuader à toutes mes connaissances que je suis veuf. Si je puis me permettre, en prenant congé de vous, mon cher monsieur, de vous donner un conseil, c'est d'imposer aussi à tous vos amis votre veuvage anticipé.

Quelques jours après cette conversation, mon cher ami, j'eus le plaisir de vous rencontrer dans l'hôtel de l'avenue Friedland.

J'étais, à cette époque, avide de distractions ainsi que je vous l'ai écrit, j'espérais que le mouvement et le bruit apporteraient quelque diversion à ma mélancolie. Mais je me retrouvai le lendemain de cette fête plus triste, plus découragé qui jamais. Je n'eus pas la force de me rendre au rendez-vous que nous nous étions donné et je partis, le jour même, en voyage.

De retour à Paris, au mois de join, j'étais un matin dans mon cabinet, lorsqu'on vint m'avertir que Mme Giraud demandait à me parler.

— Faites entrer, dis-je, après un instant d'hésitation.

— Vous avez prié mon mari, me dit la mère de Paule, lorsqu'elle se fut assise, de ne jamais vous entretenir de notre fille. Nous avons respecté votre désir, et pleuré en si lence tous les deux sur le malheur qui vous frappait et nous atteignait en même temps. Nous le respecterions encore aujourd'hui, s'il ne s'agissait de tenir une promesse qui nous a été arrachée : Paule est malade, très malade, presque mourante. Elle nous a demandé de vous faire part de son état et de vous supplier de venir lui dire adieu.

Lorsque je pus vaincre l'émotion qui m'étreignait le cœur, je demandai à Mme Giraud si sa fille était à Paris.

— Non, me dit-elle, en essuyant ses larmes, elle habite Z… , un petit village de Normandie, au bord de la mer ; on peut s'y rendre en quelques heures.

— Je m'y rendrai, répondis-je simplement.

Mme Giraud s'élança vers moi, me prit les mains et s'écria :

— Oh ! je vous remercie, je vous remercie ! Quelle joie vous lui causerez !… Je ne sais quelle faute elle a commise envers vous ; je l'ai revue, il y a trois jours seulement… On nous avait écrit qu'elle était au plus mal et je suis accourue près d'elle ; une mère, peut-elle ne point pardonner à son enfant qui se meurt ?… Elle ne m'a rien dit des motifs de votre séparation ; elle n'en aurait pas eu la force, du reste, et je n'avais pas le courage de l'interroger. Mais j'ai compris, à son désir de vous voir, à son repentir, que tous les torts étaient de son côté… Oh ! pardonnez-lui, monsieur, pardonnez-lui, qu'elle emporte cette consolation en mourant !

— Mais, dis-je, ne vous exagérez-vous pas la situation ? N'y a-t-il aucun espoir de la sauver ?

— Non, répondit-elle. Je me suis entretenue avec un médecin qu'elle avait fait venir de Paris. Il ne me savait pas sa mère et m'a dit la vérité : elle est atteinte d'une maladie du cerveau, dont je n'ai pas retenu le nom.

— Une *pachy-méningite*, dis-je machinalement.

Je me rappelai, tout à coup, l'effrayant pronostic du docteur X…

— Oui, c'est cela, fit la pauvre femme. Sa mémoire s'affaiblit tous les jours, ses idées n'ont plus aucune netteté ; c'est à peine si elle trouve les mots dont elle a besoin. Elle est plongée la nuit dans une torpeur qui n'est ni la veille, ni le sommeil, et pendant laquelle elle entend des voix qui lui parlent et la menacent. Elle est d'une faiblesse extrême ; hier, pour me rassurer, elle a voulu se soulever de la chaise longue où elle est sans cesse étendue, ses jambes ont refusé de la soutenir.

La pauvre femme s'arrêta ; elle sanglotait et ne pouvait plus continuer.

Lorsqu'elle fut plus calme, je lui promis de partir le jour même et je la priai de me donner les détails qui m'étaient nécessaires pour trouver la maison habitée par Paule.

— Avant d'arriver à Z..., me dit-elle, à une petite distance du village, vous demanderez le chalet de Mme de Blangy.

— Mme de Blangy ! m'écriai-je, sans pouvoir réprimer mon indignation.

Elle me regarda, crut comprendre et me dit :

— Vous lui en voulez sans doute ; elle était l'amie de ma fille et aurait dû l'empêcher de faillir. Peut-être n'a-t-elle rien su ; il est certains secrets qu'on ne confie même pas à son amie intime. Mais que cela ne vous empêche pas de tenir votre promesse ; vous ne vous rencontrerez pas avec Mme de Blangy, je ne l'ai pas aperçue une seule fois pendant mon séjour à Z... ; elle m'a évitée et vous évitera sans doute vous-même.

A peine Mme Giraud m'eut-elle quitté que je fis mes préparatifs de départ. Le lendemain matin, après une nuit passée en chemin de fer, je pris un cabriolet qui me conduisit à Z...

Le chalet où Mme de Blangy était venue chercher la solitude en compagnie de Paule est situé à mi-côte des collines boisées qui s'appuient sur la falaise. Mon cocher me l'indiqua ; je mis pied à terre et afin d'éviter toute fâcheuse rencontre, j'envoyai un petit pêcheur du pays prévenir ma femme de mon arrivée.

Un quart d'heure après j'étais dans sa chambre.

Mme Giraud n'avait commis aucune exagération : Paule était au plus mal.

Elle eut cependant la force de me tendre une main décharnée, sur laquelle j'appuyai mes lèvres, et de me dire :

— Vous avez bien fait de venir aujourd'hui... demain, il eût été trop tard...

Cet effort l'avait épuisée ; ses paupières se fermèrent.

Je la contemplai en silence : elle n'était plus que l'ombre d'elle-même. Je ne croyais pas qu'on pût changer à ce point.

De grosses larmes tombaient de mes yeux sur sa main. Elle sentit que je pleurai et me dit :

— Merci.

A chaque instant ses lèvres s'entr'ouvraient, je croyais qu'elle allait parler. Mais elle ne pouvait y parvenir.

Pendant la nuit, elle fut en proie aux hallucinations dont m'avait entretenu sa mère. Elle semblait se débattre contre un fantôme qu'elle essayait de repousser avec ses mains et qui revenait sans cesse. Des cris rauques s'échappaient de sa gorge. Parfois, en me penchant sur elle, je l'entendais murmurer des phrases sans suite comme celle-ci :

— Va-t'en... va-t'en... misérable !... perdue... j'ai peur... j'ai peur... lui, lui !

La matinée fut plus calme. Etendue sur sa chaise longue, devant la croisée, elle ouvrait par moments les yeux et regardait au loin dans la direction de la mer.

Un instant, je craignis que le grand jour ne la fatiguât et je m'avançai vers les rideaux pour les fermer. Elle vit mon mouvement et je l'entendis murmurer :

— Non, non, laissez... Cette vue me fait du bien... je me crois encore là-bas, tout là-bas, près de vous, à Oran.

Vers midi, sa mère arriva de Paris, avec le médecin qui était venu à Z... , trois jour auparavant.

Il s'approcha de la malade, crut remarquer une amélioration dans son état et demanda si, comme il l'avait prescrit, on lui avait fait prendre un peu de nourriture.

— Quelques potages seulement, répondit-on.

— Ce n'est pas assez ; il faut, à tout prix et avant tout, la soutenir. Si d'ici à ce soir le mieux continue, nous essayerons de lui faire prendre quelque *bol* alimentaire que je préparerai moi-même.

Lorsque le médecin se fut éloigné, Paule me fit signe de m'approcher.

J'obéis.

— Il a raison, dit-elle, aujourd'hui je me sens mieux... Que vous êtes bon d'être venu !... Il y a deux mois, lorsque je suis tombée malade, j'ai voulu vous écrire, mais je n'ai pas osé... Je me suis si mal conduite... Ah ! je suis bien punie... bien punie... pardonnez-moi.

Elle s'arrêta pour reprendre au bout d'un instant :

— Vous ne me quitterez pas... vous resterez là, près de moi, avec ma mère... Vous ne laisserez entrer personne... Si je meurs, vous transporterez mon corps à

Paris… Je ne veux pas être enterrée ici… Oh ! non ! oh ! non !

Quelques minutes après, on fit du bruit dans la pièce voisine et je me retournai brusquement. Elle vit mon mouvement et me dit :

— N'ayez pas peur… elle n'oserait pas venir… je le lui ai défendu… Si je n'ai pas pu vivre auprès de vous, je veux au moins mourir dans vos bras.

Vers les cinq heures, on crut devoir obéir aux prescriptions du docteur et offrir à la malade les aliments préparés à son intention.

On pensait qu'elle les refuserait. Mais il se produisit un phénomène souvent observé dans la maladie dont Paule était atteinte.

Tout à coup son appétit se ranima, elle prit ce qu'on lui présentait et le porta vivement à sa bouche.

Mais les aliments s'arrêtèrent dans l'œsophage paralysé. Les yeux s'injectèrent de sang, la face prit une teinte violacée. Elle mourut asphyxiée.

Suivant sa volonté, je fis transporter son corps à Paris et l'enterrement eut lieu trois jours après au Père-Lachaise.

Au mois de septembre de la même année, M. de Blangy lut un matin dans son journal, avec un vif intérêt, le fait divers suivant :

« La petite plage de Z… a été hier le théâtre d'une scène des plus dramatiques. Une charmante femme du meilleur monde et une intrépide baigneuse, la comtesse de Blangy, qui s'était fixée dans notre pays depuis le commencement de la saison, venait de faire une promenade sur la falaise, en compagnie d'une de ses amies, Mlle B…, cette ravissante jeune fille brune que nous remarquions au dernier bal du Casino, lorsque l'idée lui vint de prendre un bain. On lui fit observer que la mer baissait, que les courants très violents à cette époque de grandes marées pouvaient l'entraîner au large et qu'il n'y avait, en ce moment, sur la plage, aucun maître baigneur pour lui porter secours.

« — Qu'importe ! fit-elle. Je me tirerai bien d'affaire toute seule.

« Elle se fit ouvrir une cabine, en sortit bientôt après dans un élégant costume de bain et s'avança résolument dans la mer.

« En quelques brasses elle fut au large.

« — Revenez, revenez ! lui criait-on de la plage.

« Elle n'écoutait rien et nageait toujours en jetant de temps en temps des éclats de rire qui rassuraient ses amis.

« Bientôt cependant, on crut s'apercevoir qu'elle était emportée plus loin qu'elle ne voulait ; le courant semblait l'entraîner.

« — Au secours ! au secours ! criait Mlle B… éplorée.

« En ce moment arrive sur la plage M. Adrien de C…

« Il interroge ; on lui dit ce qui se passe.

« — Ah ! s'écrie-t-il, c'est Mme de Blangy !

« Aussitôt, il se déshabille à moitié et s'élance à la mer.

« Celle qu'il va essayer de sauver, au péril de sa vie, était l'amie intime de la jeune femme qu'il a perdue au mois de juin dernier et qu'il regrette encore au point de ne pouvoir s'éloigner de notre pays.

« Bientôt, il rejoint Mme de Blangy. Malgré l'éloignement on les voit longtemps se débattre. On dirait qu'une lutte s'est engagée entre eux. Comme toutes les personnes qui se noient, Mme de Blangy fait sans doute des efforts désespérés pour se cramponner à son sauveur, et celui-ci la repousse afin d'être maître de ses mouvements… Le courant les entraîne toujours et bientôt on les perd de vue.

« Dix minutes s'écoulent… un siècle ! M. Adrien de C… reparaît… Hélas ! il est seul… Il n'a pu sauver la malheureuse femme et c'est à peine si ses forces lui permettent de regagner la plage. »

Après avoir lu, M. de Blangy prit la plume et écrivit :

« J'ai compris et je vous remercie, en mon nom et au nom de tous les honnêtes gens, de nous avoir débarrassés de ce reptile… Le danger que vous avez couru vous absout. »

Il plia la lettre et la fit porter à M. Adrien de C… , rue Caumartin.

Modern Language Association of America Texts and Translations

Texts

1. Isabelle de Charrière. *Lettres de Mistriss Henley publiées par son amie*. Ed. Joan Hinde Stewart and Philip Stewart. 1993.
2. Françoise de Graffigny. *Lettres d'une Péruvienne*. Introd. Joan DeJean and Nancy K. Miller. 1993.
3. Claire de Duras. *Ourika*. Ed. Joan DeJean. Introd. Joan DeJean and Margaret Waller. 1994.
4. Eleonore Thon. *Adelheit von Rastenberg*. Ed. and introd. Karin A. Wurst. 1996.
5. Emilia Pardo Bazán. *"El encaje roto" y otros cuentos*. Ed. and introd. Joyce Tolliver. 1996.
6. Marie Riccoboni. *Histoire d'Ernestine*. Ed. Joan Hinde Stewart and Philip Stewart. 1998.
7. Dovid Bergelson. *Opgang*. Ed. and introd. Joseph Sherman. 1999.
8. Sofya Kovalevskaya. *Nigilistka*. Ed. and introd. Natasha Kolchevska. 2001.
9. Anna Banti. *"La signorina" e altri racconti*. Ed. and introd. Carol Lazzaro-Weis. 2001.
10. Thérèse Kuoh-Moukoury. *Rencontres essentielles*. Introd. Cheryl Toman. 2002.
11. Adolphe Belot. *Mademoiselle Giraud, ma femme*. Ed. and introd. Christopher Rivers. 2002.

Translations

1. Isabelle de Charrière. *Letters of Mistress Henley Published by Her Friend*. Trans. Philip Stewart and Jean Vaché. 1993.
2. Françoise de Graffigny. *Letters from a Peruvian Woman*. Trans. David Kornacker. 1993.
3. Claire de Duras. *Ourika*. Trans. John Fowles. 1994.
4. Eleonore Thon. *Adelheit von Rastenberg*. Trans. George F. Peters. 1996.
5. Emilia Pardo Bazán. *"Torn Lace" and Other Stories*. Trans. María Cristina Urruela. 1996.
6. Marie Riccoboni. *The Story of Ernestine*. Trans. Joan Hinde Stewart and Philip Stewart. 1998.

7. Dovid Bergelson. *Descent*. Trans. Joseph Sherman. 1999.
8. Sofya Kovalevskaya. *Nihilist Girl*. Trans. Natasha Kolchevska with Mary Zirin. 2001.
9. Anna Banti. *"The Signorina" and Other Stories*. Trans. Martha King and Carol Lazzaro-Weis. 2001.
10. Thérèse Kuoh-Moukoury. *Essential Encounters*. Trans. Cheryl Toman. 2002.
11. Adolphe Belot. *Mademoiselle Giraud, My Wife*. Trans. Christopher Rivers. 2002.